灼眼のシャナ XII

高橋弥七郎
イラスト／いとうのいぢ

Design・Yoshihiko Kamabe

「いつまでも、逃げてられないんだ」

宝具『零時迷子《れいじまいご》』を宿すミステス

坂井悠二《さかいゆうじ》

"天壌《てんじょう》の劫火《ごうか》"アラストールの
フレイムヘイズ『炎髪灼眼《えんぱつしゃくがん》の討《う》ち手《て》』

シャナ

「大丈夫。悠二は私が守るから」

クラスメイト

吉田一美

よしだ かずみ

「私は、坂井君のところに、行く」

「見つけた——とうとう——見つけた————!!」
“蹂躙《じゅうりん》の爪牙《そうが》”マルコシアスの
フレイムヘイズ『弔詞《ちょうし》の詠《よ》み手《て》』
マージョリー・ドー

「――ヨーハン、待ってて。
今すぐ、そこから出してあげる」

『約束の二人《エンゲージ・リンク》』の片割れ

“彩飄《さいひょう》”フィレス

“夢幻《むげん》の冠帯《かんたい》”ティアマトーのフレイムヘイズ『万条《ばんじょう》の仕手《して》』

ヴィルヘルミナ・カルメル

「壊したく、ない。誰も、なにも」

「邪魔よ」

「悠二、下がって!」

「え、あ……」

「こんな、近くに……
ここに、貴方がいるのに……」

なに見てんのよ
コレ？あげないから

灼眼のシャナXVII

プロローグ

この世——人間の世界を、吹く風のように渡り歩いていた。

人間を喰らって〝存在の力〟を得、理《ことわり》を曲げて遊び続けた。

勝手気儘《きまま》、ただ刹那《せつな》の欲を満たすためだけに、生きていた。

ヨーハンを連れて。

自分の放蕩《ほうとう》に伴い、跳梁《ちょうりょう》を見せ付け、想像力と欲望の赴《おもむ》くまま、全てを与えて育てた。

その父・ゲオルギウスのような、埒外《らちがい》な大法螺《おおぼら》吹きにする気はなくなっていたが、それ以外の育て方をしようとは思わなかった。与えねば、気が済まなくなっていた。育てることは、気楽な楽しみではなくなっていた。そうせずにはいられなかった。

だから、これは欲望に違いない——そう、思っていた。

何者何事も憚《はばか》らず、誰であれ欲望の成就《じょうじゅ》を邪魔《じゃま》する者を殺し、また次にやりたいことを探した。

黄金《おうごん》宝石を見ては欲し、味に凝《こ》っては食い散らかし、人間の野心《やしん》や事業を蹴《け》り飛ばし、時に気になって手を貸し……放埒《ほうらつ》は続いた。

ただ、自身の欲望だけが理由ではなくなっていた。

ヨーハンは、奇妙《きみょう》な子だった。

誰がなにを訴えても、耳を傾けて問いただした。どんな危機が迫っていようとも、平然としていた。この世での放蕩《ほうとう》を、止《や》めようと訴えることもなかった。目の前の事象《じしょう》を己《おの》が意思によって自在に変えられる痛快さをともに味わい、しかしそこから一歩踏み込んで、それはなんなのかを確かめようとしていた。

赤ん坊の頃から連れ歩いていたせいか、物心の付く頃には〝存在の力〟の流れを明敏《めいびん》に感じ取ることができるようになっていた。放埓《ほうらつ》の結果は、軽やかで明るい性向に表れていたが、その反面、『この世の本当のこと』を見つめて、いつもなにかを考えていた。

どうもゲオルギウスとは全く違う人間になっていることに、十年を過ぎてから気付いたが、やはり育て方を変えようとは思わなかった。その子に与えたものは、必ず何か別のものに変化した。知識も、物も、言葉も。興味とは違う、満足感のようなものがあった。

だけど、これは欲望に違いない——そう、思っていた。

与えたい、とは思っていたのだから。しかし、実は結果の方に、より大きな喜びが生まれていたこと、結果を作る子の方に、より大きな喜びを見出していたことは、無視した。想像を叶《かな》えさせては理《ことわり》を探り、欲を満たしては根源を思う……その子の意図が理解できず、目的も想像できなかったからである。

あの日までは。

「僕にだって、夢はあるよ」

忘れようはずもない、[宝石の一味]をからかっていた、最初の時期。

まばらな雲が、やけに早く空を走る、秋の夜だった。

お互い命からがら逃げ出し隠《かく》れた、インゴルシュタット教会堂の屋根の上。

「あんな誇大妄想狂《こだいもうそうきよう》なんか目じゃない、とびきりの夢がね」

戦った〝紅世《ぐぜ》の王〟の、あまりな狂信《きようしん》ぶりを二人して笑いに笑った末に出た言葉が、全ての始まりだった。一人を連れた、一人の旅路ではない……二人の旅路の。

「遠い、遠いものさ」

怪訝《けげん》に見た、月の光に薄っすらと照らされる、繊細《せんさい》な面差《おもざ》しは、父よりは母に似ていた。男特有の、線の太さが現れる寸前《すんぜん》の壊れそうな危うさが、たまらなく見事だった。

十七年、経《た》っていた。〝紅世《ぐぜ》の徒《ともがら》〟にとっては、瞬《まばた》きの間。しかし、共に過ごし暮らしている間に、望む全てを与え続けた少年は、共に望む全てに挑むようになっていた。二人で、なにもかも。二人で、どこまでも。もはや満足などではない、幸福だけがあった。

まさに、これこそが欲望に違いない――そう、思っていた。

だから、このときも当然のように、なにが遠いのか、すぐに行こう、と返した。

ところがヨーハンは、意に反して悲しい顔になった。こんな顔は嫌だった。させたくなかった。だから、もう一度、言ってやった。私が近づけてやる、私たちならできる、と。

「それは本当に、その通り。でも、君が協力してくれないと、ダメなんだ」

なにを言っているのか、全く分からなかった。いつでも与えて、叶《かな》えてきた。共に望みに挑《いど》むようになってからも、協力を惜しんだことなど、一度もない。それを疑われるのは心外《しんがい》であり、悲しみでさえあった。

ところでこれは、欲望なのだろうか——初めて、疑問が湧《わ》いた。

「僕の前に、ずっと、ずっと、ずっと、あるんだ」

ますます分からない。遠いものなのに、前にあると言う。叶えたいものがありながら、それがなんなのか言わない。これも初めてのことだった。思う間に、
ヨーハンが、ふと唇を近付けた。

そのことに、なぜかびっくりして、思わず身を離した。与えてきたこと、叶えてきたことの中に、今まで全く含まれなかった、たった一つのものに、彼が近付いたと知った。

他でもない、〝彩飄《さいひょう》〟フィレスの全て。

いつも一緒なのである。いつも一緒にやってきたのである。いつも一緒に色んなことをやってきたのである。今さら望むようなものが、これ以上あるわけない、そう、思っていた。

ところが今、これ以上求められている、と知った——知って、怖くなった。

与えた自分の全てが、彼を満足させられなかったら、叶えた自分の結果が、彼を失望させた

ら、どうしよう。パニックに陥って、思わず飛んで逃げた。

数時間経《た》って、こっそり下から屋根を覗《のぞ》き込むと、その真ん前に、笑顔があった。

「揺るがず動かない、強くて恐い、楽しくて優しい、いい加減《かげん》で可愛《かわい》い、寂しがり屋なのに素《そ》っ気《け》ない……」

そのとき、教会が大爆発して［宝石の一味］が現れた。自分がつけられたのだった。ところがヨーハンは、そっちには目もくれなかった。ただ顔を前に据《す》えて、手を固く繋《つな》いで、静かに語りかけていた。

「……その人は、自分で作った壁の向こうにいる」

事ここに至って初めて、自分が彼を批難《ひなん》する、彼を制止する、どんな倫理《りんり》も気持ちも持ち合わせていないことに気が付いた。ただ、だからこそ、怖くてたまらなかった。

今までの全て、今あるこれは、欲望ではない――では、なんだろう？

しつこく追いかけてくる［宝石の一味］から、逃げた。逃げて逃げて、最後に大笑い、という、いつもの逃避行《とうひこう》ではなかった。一緒に逃げて一緒に逃げて、その果てが怖い。今の逃避行の最後に待っているものは、大笑いなどではない、と分かっていた。

では、なんだろう？　――なにが、待っているのか？

「ずっと君を見てきた。そして、ずっと君だと決めていた」

遂《つい》に来た逃避行の果てに、答えがあった。

「君を愛している。僕は、君と一緒に、どこまでも行くんだ」

これは——恋だったのだ。

1　風来《かぜきた》る

御崎《みさき》市立御崎高校、
年に一度の清秋祭《せいしゆうさい》の一日目。
「悠二《ゆうじ》!!」
とっぷり日も暮れたグラウンド、
その日における、最大のイベント。
「私――」
ベスト仮装《かそう》賞の発表もたけなわの舞台上、
優勝者のインタビューというクライマックス。
「悠二が――」
赤いリボンに赤いワンピースも目に鮮やかな少女、
マイクを手にしたシャナが、堂々《どうどう》宣言をしつつあった、
そのとき、

全てが一挙《いっきょ》に、突如湧《とつじょわ》き出た力の中で、途切《とぎ》れた。

清秋祭《せいしゅうさい》の賑《にぎ》わいも、人々の歓声も、一つの告白も。

シャナ同様、男子三位の受賞者として舞台上にあった坂井悠二《さかいゆうじ》と、彼の隣《となり》に立っていた女子二位の受賞者である少女との接触に伴い、一つの自在法《じざいほう》が力を現していた。


力は風。

その彩《いろど》りは、琥珀《こはく》。


接触の片方、二位の少女は、湧《わ》き上がった爆風《ばくふう》に堪《たま》らず吹き飛ばされて、しかし同じく接触したはずの悠二は、肌《はだ》に触れる触れないの微風《びふう》しか感じず、一人、周囲の少年少女らの転がり弾《はじ》ける飛散《ひさん》から取り残されていた。

気付けばそこは、竜巻《たつまき》の中心。

「キャー!?」「なに?」「わっ、ぐぇ!」「痛、痛っ!?」「うああっ!」

悲鳴を上げながら、風に飛ばされてゆく仮装《かそう》賞の参加者らを傍《かたわ》らに、

「っ悠二!?」

自身も大きく吹き飛ばされていたシャナは叫び、落ちつつあった舞台の床に掌《てのひら》を強く打って
クルリと反転、体勢を整える。

「なにが――、っ!?」
向き直った先に竜巻が現れていると知って、フレイムヘイズ『炎髪灼眼の討ち手《えんぱつしゃくがんのうちて》』たる少女は絶句《ぜっく》した。絶句して、心底からの焦りに襲《おそ》われた。
これが、ただの自然現象《げんしょう》でないことは明白だった。舞台の上に吹き荒れ渦巻《うずま》くそれは、輝いていた。辺り一帯の光景を染め上げるほど光り輝く――琥珀色。
そして、色の持つ意味、襲来《しゅうらい》した者、少年の宿す宝具《ほうぐ》、双方の関係、存在の危機、全てを合わせた上に、また一つ積み重なる致命《ちめい》的な状況――一つの自在法が発動する脈動《みゃくどう》を感じて、、、、、、、、、
シャナは声の限りに叫んでいた。
「悠二、ダメエ――!!」
しかし、その声は、届かない。
竜巻の中心に、ただひとり置かれた悠二の元には、
別の、音ではない声が、届く。
《……》
最初は、声の気配。
《――》
途切れて、何度も。
《――ン》

やがて擦《かす》れた端《はし》が。
《――ハン》
すぐに、呼びかけになる。
《――たし――よ》
甘く切なく、欲する力に満ち満ちた、呼びかけ。
《――ハン、私よ》
その大きすぎる気持ちの波に、悠二《ゆうじ》は晒《さら》される。
《――ヨーハン、私よ……》
総身《そうしん》に響《ひび》く呼びかけが、自分という物体に向けられて、
しかし全く、自分という人間に向けられていないことを知らされる。
《――会い、たかった……》
「う、ぅ」
渦巻《うずま》く風の壁に囲まれた、絶体絶命《ぜったいぜつめい》の窮地《きゅうち》。
今、自分の前に現れつつあるもの。
そして、呼びかける声が、
《待ってて……》
遂《つい》に、音となって、耳に届く。

「今すぐ、そこから出してあげる、、、、、、、、、」

「うあ、あああ」

悠二は、歯の根の合わない口から、ようやくの呻《うめ》き声を漏《も》らす。

いつだったか〝燐子《りんね》〟が自分の背中に腕を突き込んだときよりも。

いつだったか〝紅世《ぐぜ》の王〟が自分の存在の核心《かくしん》を摑《つか》んだときよりも。

さらに暗い恐怖が襲《おそ》ってくる。

間違いなく、分かっている。

絶対に、自分は消される。

「あ、ああっ」

その恐怖が、持てる全ての力による抵抗として現れる。

つい昨晩、自分の力として発現させた自在法《じざいほう》の感覚が、眼前に迫る存在消滅《しょうめつ》の危機に呼び起こされる。夢中《むちゅう》で、必死に、ただ『止まれ』という咄嗟《とっさ》の反射によって、呼び起される。

「つわあああああああああああああああああ――!!」

世界の流れから、その内部を切り離す因果孤立《いんがこりつ》空間、自在法『封絶《ふうぜつ》』が。

清秋祭《せいしゅうさい》に浮かれ騒ぐ、御崎《みさき》高校全体を、包み込むような、炎《ほのお》が。

燦然《さんぜん》と輝く――〝銀〟の炎が。

囚《とら》われた全てが止まる。

人も、物も、全て。

ムサラの頂《いただき》が、弾《はじ》ける。
鋭い岩塊《がんかい》のような渓谷群《けいこくぐん》を揺るがして、
虚《うつ》ろなそれは、動き出した。

光景の意味を理解できた者は、二人いた。

「そん、な……」

「正気覚醒《かくせい》」

一人は、爆風《ばくふう》に将棋倒《しょうぎだお》しになる途中で静止した群衆に混じって、しかし鋼鉄《こうてつ》の柱のように頑《がん》と立ち尽くすフレイムヘイズ、『万条の仕手《ばんじょうのして》』ヴィルヘルミナ・カルメルである。

封絶《ふうぜつ》が学校からさらに外へと広がり、銀の炎《ほのお》が直下から湧《わ》き上がって奇怪《きかい》な紋章《もんしょう》を描き、外界から隔離《かくり》された証《あかし》である陽炎《かげろう》のドームが形成される、その数秒の間を置いても、なお彼女は固まったまま動かない——否、動くことを拒否していた。

自分の前に現れた、あまりに酷《ひど》い現実に抗議の姿勢を示すように。

あるいは、常に必ず自分の前に立ち塞《ふさ》がる、酷すぎる現実へと駄々《だだ》をこねるように。

「……して」

「正気覚醒」

封絶《ふうぜつ》を張った少年は、坂井悠二《さかいゆうじ》。

この世の裏に跋扈《ばっこ》する異《い》世界人〝紅世の徒《ぐぜともがら》〟に存在を喰われて死んだ人間。その残り滓《かす》から作られ、周囲との繋《つな》がりや居《い》場所を当面維持《いじ》し、やがて力を燃やし尽くして消える代替物《だいたいぶつ》『トーチ』。身の内に、何処《いずこ》からか転移《てんい》してきた宝具《ほうぐ》を秘めた『旅する宝の蔵《ミステス》』。

「どう、して」

「正気覚醒」

彼の蔵《ぞう》した宝具は、時の事象《じしょう》に干渉《かんしょう》する秘宝《ひほう》中の秘宝『零時迷子《れいじまいご》』。

午前零時になると、その日の内に消費した〝存在の力〟を回復させる、一種の永久機関。この宝具、本来の持ち主は、世に名高き使い手『約束の二人《エンゲージ・リンク》』の片割れ、『永遠の恋人』と呼ばれた一人の〝ミステス〟たる男……ヨーハン。彼は今、『零時迷子《れいじまいご》』の中に封じられている。

「どうして、皆……」

「正気覚醒」

ヨーハンの封じられた『零時迷子《れいじまいご》』は、変異《へんい》を起こしていた。

刺客《しかく》たる〝紅世《ぐぜ》の王〟――〝壊刃《かいじん》〟サブラクの攻撃により瀕死《ひんし》の重傷を負った彼は、この自身の核《かく》たる宝具《ほうぐ》の内に封じられ、他のトーチの中へと、無作為転移《むさくいてんい》という名の緊急避難《きんきゅうひなん》を行った。が、その寸前《すんぜん》、サブラクは一つの自在式《じざいしき》を『零時迷子《れいじまいご》』に打ち込んでいた。結果、彼の構成を司《つかさど》る部位《ぶい》は異常な変質を起こし、その様《さま》をヴィルヘルミナだけに見せ……転移した。

「どうして、皆——私の!!」

ヨーハンを封じたのは〝彩飄《さいひょう》〟フィレス。

『約束の二人《エンゲージ・リンク》』の、もう一人の片割れ。今、御崎《みさき》高校清秋祭《せいしゅうさい》に、愛《いと》しい男に起きた変異《へんい》を知らず、風と共に現れつつある〝王〟。彼女らの目の前で、愛しい男を〝ミステス〟の中から取り戻そうとしている、女。そして、ヴィルヘルミナ・カルメルの命の恩人《おんじん》にして、友——

「正気覚醒《かくせい》!!」

「ッ!!」

パートナーの大声にどやされて、ようやくヴィルヘルミナは自失《じしつ》から覚めた。しかし、覚めても動揺《どうよう》を抑えることはできない。銀の光を放つ封絶《ふうぜつ》の中、

「ティア、マトー」

常の謹直《きんちょく》な彼女を知る者には想像もつかない、頼りなく揺れる表情で、彼女はフレイムヘイズたる己《おのれ》に異能《いのう》の力を与える〝紅世《ぐぜ》の王〟——最も長く共にあるパートナー、〝夢幻《むげん》の冠帯《かんたい》〟ティアマトーに答えを求める。

「私は、どうすれば」

起きている事態についての、おおよその見当《けんとう》はついていた。

他でもない、フィレスから聞かされていた自在法、『風の転輪《かぜてんりん》』である。

人と人の接触によって永続的に目標物を探す、また同時に、その目標物を見つけた地点に自らを運ぶ出口ともなるという、風の便り。ヨーハン転移後、彼女がこの探査の自在法で『零時迷子《れいじまいご》』を宿した〝ミステス〟を探しているだろうことは、容易に想像できた。

が、よりにもよって今見つからなくても、よりにもよって自分の前に来なくてもいいではないか――そう、自分を取り巻く世界へと、ヴィルヘルミナは喚《わめ》き散らしたい思いだった。

この、問いかけに隠《かく》した苦悩を、

「阻止《そし》!!」

鞭撻《べんたつ》が一声、叩《たた》いて正気に戻す。

竜巻《たつまき》とは違う、最悪と言っていい危機的状況が、別の場所で起きていた。

「なにを――、っ!?」

尋《たず》ねようとしたヴィルヘルミナは、驚愕《きょうがく》に声を切った。

まるで吹雪《ふぶき》のような盛大さで、群青《ぐんじょう》色の火《ひ》の粉《こ》が撒《ま》き散らされる。

その中、頭上を竜巻へとまっしぐら、怖気《おぞけ》を誘う殺気の塊《かたまり》が飛び越えていた。

「――っく!!」

受け入れたくない全てに立ち向かうためではなく、その全てに向かう誰も彼もを止めるために、ようやくフレイムヘイズ『万条の仕手《ばんじょうして》』は動き出す。
まずは目の前、自分を飛び越えていった殺気の塊《かたまり》を、
群青《ぐんじょう》の炎《ほのお》でできた獣《けもの》を、追う。

ロドピの山々を、過《よ》ぎる。
雄大な起伏《きふく》を眼下に、
それは、標的《ひょうてき》を目指す。

光景の意味を理解できた、もう一人。

「——は、は!」

フレイムヘイズ『弔詞の詠み手《ちょうしのよみて》』マージョリー・ドーは、狂乱《きょうらん》と激情《げきじょう》の中にあった。その身を覆《おお》う、寸胴《ずんどう》の獣《けもの》のような群青色の炎の衣〝トーガ〟が、常以上に輝度《きど》を増す。零《こぼ》れ落ちた炎が、まるで流星の尾のように零れ落ち、バチバチと爆《は》ぜ光る。

「ははっ!! はははははははっ!!」

「おいっ! マージョリーよ!!」

自身に異能《いのう》の力を与える〝紅世《ぐぜ》の王〟——〝蹂躙《じゅうりん》の爪牙《そうが》〟マルコシアスの声も届かない。

今の彼女の中には、刻まれた記憶《きおく》、沸《わ》き立つ憎しみ、その二つしかなかった。

（はは——は、はは——）

砕け崩れた、あいつらの屋敷《やしき》の石塀《いしべい》。

焼け落ちた、同僚《どうりょう》の娘たちがいた部屋の梁《はり》。

それらを覆い隠《かく》して立ち上る、濛々《もうもう》たる黒い煙。

なんの煤《すす》か、誰の血かに塗《まみ》れた……無力な自分の腕。

目の前を近くを彼方《かなた》を埋めて、ただ燃え上がる、赤い炎。

その中、
唯《ただ》一つ聳《そび》える、狂気の姿。

（見つけた——とうとう——見つけた——!!）

自分へと覆い被《かぶ》さるように、太い手足を大きく広げる、歪《ゆが》んだ西洋鎧《よろい》。なにも持たない、その汚れた板金《ばんきん》の隙間《すきま》からザワザワと這《は》い出そうとしている、虫の脚《あし》のような物。鬣《たてがみ》のように炎を噴《ふ》きあげる兜《かぶと》。まびさしの下にある、目、目、目、目……

（私の——）

それら全てが表す、笑い。

嘲笑《ちょうしょう》。

（私の、全て――!!）

かつて自分に向けられた、その嘲笑を叩《たた》き潰《つぶ》すため飛べることに歓喜する。

「はは！　はは、ははははははは!!」

「ちっ、ダメか！」

マルコシアスは舌打《したう》ちした。

彼は知っている。

数百年からの昔、情厚《じょうあつ》き女、マージョリー・ドーが、全てをなくして生きていたことを。そんな自分の手で、壊《こわ》し、殺し、奪い、嘲《あざわら》うことで復讐《ふくしゅう》してやるはずだったもの――全てをなくした自分に残されていた、本当に最後のもの――を、一人の〝紅世の徒《ぐぜのともがら》〟によって壊され、殺され、奪われ、嘲われたことを。ゆえに抱くようになった、深く大きく激しい怒りと憎しみを。せめて、その〝徒《ともがら》〟だけでも殺さんとしてフレイムヘイズになったことを。なのに、気付いたとき、その〝徒《ともがら》〟が忽然《こつぜん》と消えてしまっていたことを。

彼は知っている。

ゆえに、相棒《あいぼう》の怒りを止めることができない。

止まるわけがないことは、分かりきっていた。

その相棒が、咆《ほ》える。

「ブチ、殺す」

腹の底からの、喜悦《きえつ》を表して。

「殺す、殺す」

封絶《ふうぜつ》を生み出した、なにかに向かって。

「殺す殺す殺す」

ブチ殺すため、探して探し続けた、他に類《るい》を見ない炎《ほのお》の色を持つ〝徒《ともがら》〟――

〝銀〟を。

なぜ今、銀の炎が現れたのか。

一体誰《だれ》が、銀の炎を現したのか。

詮索《せんさく》どころか思考《しこう》の欠片《かけら》さえない。

ただ、数百年もの歳月《さいげつ》を費やして、しかしその手がかりの一つさえ得られず、足跡の欠片さえ見つけられなかった怨讐《おんしゅう》の対象が、眼前に燦然《さんぜん》と輝いた。

だから、

「殺す、殺す殺す、殺す殺す殺す殺す殺す殺す殺す殺す殺す殺す殺す殺す殺す殺す殺す!!」

それだけ。

トーガが燃えて燃えて燃え盛って、宙をすっ飛ぶ。

銀の炎を生み出した、封絶《ふうぜつ》の中心へと向かって。

と、彼女の進路を、殺しの欲求を遮《さえぎ》るものが。

「!?」

織り上がる純白のリボンだった。

疑問は半秒持《も》たず、憤怒《ふんぬ》と破壊衝動《しょうどう》に変わる。

「――ッ」

もう、誰がリボンを放ったのか、どのような意図で遮ったのか、それすら考えられない。

遮る、その行為だけに向けて、炎の獣《けもの》が牙《きば》だらけの大口《おおぐち》から怒声《どせい》を轟《とどろ》かせる。

「ッグアオオオオオオオオオオ!!」

瞬間、群青《ぐんじょう》色の炎がトーガの周囲に巻き、そして前に溢《あふ》れた。

圧力の実感を伴う凄《すさ》まじい破裂《はれつ》音が、人満《み》ちる校庭の真上で爆《は》ぜ溢れた。

トラキアの野を、馳せ下る。

緑の広野を眼下に、

それは、標的《ひょうてき》を目指す。

光景の意味を理解できなかった者は、二人いた。

「痛っつ、っくそ！　どうなってんだ」

「一体なにが……、っ⁉　竜巻《たつまき》、なのか？」

佐藤啓作《さとうけいさく》と田中栄太《たなかえいた》である。

少年二人は、倒れたままピクリとも動かなくなったクラスメイトらを押しのけて、ようやく立ち上がる。痛む箇所を押さえようとして、今さらのように気が付いた。

「あ……封《ふう》、絶《ぜつ》？」

佐藤は周囲の、学校を包んで立ち上る陽炎《かげろう》のドーム、という光景に。

「おい、これ！」

田中は自分たちを囲んで浮かぶ、群青色に光る文字、あるいは記号の縒《よ》り合わさった輪に。

彼らは、今のような光景も、浮かんでいる輪も、初めて見たわけではなかった。双方、記憶《きおく》の中から、近似《きんじ》する情景を引き出す。

（たしか、アイゼンの兄妹が襲《おそ》ってきたとき……）

（……〝徒《ともがら》〟だ！）

遅ればせながら、戦いの到来だと知り、バッと顔を見合わせる。

「マージョリーさん！」

「姐《あね》さん！」

同時に叫んだ。

常ならば自分たちに毅然傲然《きぜんごうぜん》と指示を下す親分を、子分《こぶん》として探す。

この輪は、封絶《ふうぜつ》の中でも常人《じょうじん》の行動を可能にする防護の自在法《じざいほう》である。マージョリーが彼らのために作った護符《ごふ》――正確には、坂井悠二《さかいゆうじ》という危険極《きわ》まりない〝ミステス〟を〝徒《ともがら》〟から守るために作った護符のオマケで、悠二のものは栞《しおり》型、彼らに与えられたものは付箋《ふせん》型――の効果だった。

「……」

「……あれ？」

これまで、二人が〝徒《ともがら》〟との戦いに参加したときは、すぐ群青《ぐんじょう》の炎《ほのお》を操《あやつ》る女傑《じょけつ》が現れて、行く先や対処の方法を指し示してくれた。しかし今日は、付箋を通じての声一つ無い。

「変だな、っわ!?」

「佐藤《さとう》!!」

訝《いぶか》る親友の肩を、田中《たなか》が叫びとともに引っ張った。

「な、なん――」

だよ、という声を出す間もない一瞬、
ゴオッ、という燃焼音《ねんしょうおん》を引き連れて、見紛《みまご》うはずもない彼らの親分、群青の炎を操る女傑、『弔詞《ちょうし》の詠《よ》み手《て》』マージョリー・ドーがトーガを纏《まと》い、群衆の上を飛び越えていた。

その前方にリボンの網《あみ》が織り上がり、遮《さえぎ》り、対するマージョリーが炎を怒涛《どとう》のように前方へと放射し、大爆発が起きた。
(こんな人が大勢《おおぜい》いる中で!?)
(あのリボンは――――ッ!)
思う間に、彼らも再びの爆風《ばくふう》で吹き飛ばされた。
それは、親分が彼らに全く気を払っていない証《あかし》だった。

マルマラの内海《ないかい》が、広がる。
穏《おだ》やかな青の波立ちを眼下に、
それは、標的《ひょうてき》を目指す。

群青の輝きが琥珀《こはく》の彩《いろど》りに混じる、風の壁の中、
封絶《ふうぜつ》を張った自覚もなく、悠二はただ立ち竦《すく》む。
「あ、ああ……」
そんな、声とも呼べない喘《あえ》ぎだけをようやく絞《しぼ》り出していたが、代わりに体は極度の恐れから萎縮《いしゅく》して、ピクリとも動かない。

と、彼の前——舞台の中央に、新たな光が生まれる。

周囲で渦巻《うずま》く風と同じ、しかしもっと明るい琥珀《こはく》色が。

最初は光点として、やがて灯火《とうか》として、すぐに篝火《かがりび》に——そして、

「もう、二度と」

今や明確な響《ひび》きを持つ声とともに、渦巻く炎《ほのお》が、彼を包み込まんとのしかかってくる。

「う、わあっ！」

悠二《ゆうじ》は思わず、これを両の掌《てのひら》で突き飛ばそうとした。その首に、紐《ひも》に通して下げた火除《ひよ》けの指輪『アズュール』が、拒絶の意思に反応して、封絶《ふうぜつ》でも止められないものを吹き散らす。

が、

「離さない」

散らすことができたのは、炎だけだった。

火除けの結界《けっかい》に阻《はば》まれ失《う》せる、その琥珀の輝きの中に、女が立っていた。

『約束の二人《エンゲージ・リンク》』の一人——〝彩飄《さいひょう》〟フィレス。

目に付くのは、両肩にある大きな、鳥とも人とも見える顔を象《かたど》った盾《たて》のような装飾品《そうしょくひん》。その内に、華奢《きゃしゃ》な身を、各所に布を巻いたつなぎのような着衣で覆《おお》った、美しい女がある。ただ、美しさは、感嘆《かんたん》を抱かせる壮麗《そうれい》ではない。戦慄《せんりつ》を呼ぶ凄艶《せいえん》だった。

風に靡《なび》く長い髪の中から、容赦《ようしゃ》というものを感じさせない鋭い双眸《そうぼう》が、悠二を見つめる。熱

く見つめて、熔《と》けるように笑って、しかし途轍《とてつ》もなく恐ろしい。

なぜなら、悠二《ゆうじ》には、この〝紅世《ぐぜ》の王〟が、

「ヨーハン」

そう呼びかけ見つめていながらも、『坂井《さかい》悠二という存在』を全く認めていないことが、はっきりと分かったからである。

彼女にとって、眼前で震える〝ミステス〟は、愛する男を中に秘める、ただの容れ物に過《い》ぎなかった。だから至極《しごく》当然のこととして、容れ物を開けようと、手を伸ばす。

「あ、あ……」

悠二は、彼女を拒絶しようとしたことを後悔《こうかい》した。

彼女に向かって突き出した掌《てのひら》、その分だけの距離が、縮まっている。

両の掌は、まるで自分の消滅《しょうめつ》への橋渡しとして、動かず宙にあった。

そこにフィレスが、鏡合《かがみあ》わせのように、自分の掌を差し伸べてゆく。

「さあ、来――」

刹那《せつな》、

「待てぇ!!」

ガン、
と真上から、二人を切り離さんと、掌の間へと『贄殿遮那《にえとののしやな》』の長い刀身《とうしん》が突き立った。

全ての自在法《じざいほう》を退《しりぞ》ける宝具《ほうぐ》たる大太刀《おおだち》の表面で、琥珀《こはく》色の火花――それこそ『零時迷子《れいじまいご》』を入れたトーチへと分け入り、分解《ぶんかい》し、封印《ふういん》を解除《かいじょ》するための自在法だった――が散る。

「！」

我に返った悠二は、呪縛《じゅばく》から解き放たれたように飛びのいた。安堵《あんど》の吐息《といき》よりも早く、大太刀の上に翻《ひるがえ》る黒衣《こくい》『夜笠《よがさ》』、それを纏《まと》ったフレイムヘイズ『炎髪《えんぱつ》灼眼《しゃくがん》の討《う》ち手《て》』たる少女へと呼びかける。

「シャナ！」

紅蓮《ぐれん》の火《ひ》の粉《こ》を舞い咲かせる炎髪《えんぱつ》越《ご》しに、鋭い声が飛ぶ。

「悠二、下がって！」

「〝彩飄《さいひょう》〟フィレス！」

シャナの首に下がったペンダント、神器《じんぎ》〝コキュートス〟から、少女に力を与える〝紅世《ぐぜ》の王〟――〝天壌《てんじょう》の劫火《ごうか》〟アラストールが、遠雷《えんらい》のような重く低い声を響《ひび》かせる。

「まず話を聞け!!」

「おまえの会おうとしてる――」

言いつつ、切《き》っ先《さき》を引き抜き着地したシャナの前、

「……」

思わず手を引いていたフィレスが、髪の間で目を眇《すが》めた。

と突然、
ガバッ、と両肩の盾《たて》にある顔が、口を開けた。

「！」

驚き警戒《けいかい》したシャナは、背後からの強風に晒《さら》される。

周囲の竜巻《たつまき》をも吸い込み呑み込んでゆく、フィレスに向かって吹く風――それが、肩に開いた二つの口に、莫大《ばくだい》な量の空気が吸い込まれたこととイコールであると気付いた、
瞬間、

「邪魔《じゃま》よ」

軽く指された指先から、突風が噴《ふ》き出した。

「っ！」

バン、と強烈な衝撃波《しょうげきは》がシャナの全身を叩《たた》く。

が、討《う》ち手としての本能が、冷静な判断と機転《きてん》を、攻撃を受けている瞬間にも利かせる。吹き飛ばされる、その感覚を得ても抵抗せず、どころか自在《じざい》の黒衣《こくい》を大きく固く、風を受ける帆《ほ》として張っていた。

その裾《すそ》の端《はし》に、悠二《ゆうじ》をぐるぐる巻きにして。

突風によって宙へと放り出されたシャナは、同時に守るべき悠二を連れ、大きくフィレスとの距離を取ることに成功する。

はずだった眼前に、

「返して」

「!?」

フィレスがすでに舞い上がっていた。右の拳《こぶし》を大きく後ろに振りかぶる姿勢で。

「っく!」

そこに大きな〝存在の力〟の集中を感じたシャナは、咄嗟《とっさ》に大太刀《おおだち》を前に立てて、防御の姿勢を取った。

フィレスは構わず、無骨《ぶこつ》な手甲《てっこう》で鎧《よろ》われた拳を打ち放つ。

その周りに、

(な!?)

シャナは琥珀《こはく》色の竜巻が湧《わ》くのを見た。

バアン、と再び、少女の全身を風が強く打つ。宙にある体は、圧力を伴う煙幕《えんまく》のような琥珀色の輝きの中、怒涛《どとう》に呑み込まれる小石さながら、無茶苦茶《むちゃくちゃ》に翻弄《ほんろう》された。

(くっ、どこに紛《まぎ》れた――?)

急ぎ、フレイムヘイズの基礎技能《ぎのう》として、敵の気配を取る。

はずだった感覚が、

(っ!?)

濁流《だくりゅう》のような風の中、混乱する。

自身を取り囲み吹き荒れる気流《きりゅう》全体が、彼女の気配で満ち満ちていた。

（しまった――『インベルナ』だ！）

〝彩飄《さいひょう》〟フィレスが持つ多彩《たさい》な力の一端《いったん》、体の周りに発生させた風を、自身の一部として制御《せいぎょ》統制する自在法《じざいほう》『インベルナ』である。

彼女の友であったヴィルヘルミナから、もしものときのためと聞いて、しかし実際に受けた攻撃に、シャナは僅《わず》か、不意を衝《つ》かれた。

通常、フレイムヘイズや〝徒《ともがら》〟は、敵の中に生まれる〝存在の力〟の気配や集中を機敏《きびん》に感じ取っている。達人《たつじん》であれば、そこから様々な行動の生まれることを察知《さっち》して対処することもできた。が、〝彩飄《さいひょう》〟フィレスの『インベルナ』は、それらの前提《ぜんてい》を覆《くつがえ》してしまう。

つまり、攻撃を仕掛ける際、自身の気配を宿した風で体を包み、気流全体をひとつのフィレスとして、敵を飲み込んでしまうのである。細かな気配や攻撃の仕掛けの感知《かんち》など、この自在法の前にはなんの役にも立たない。一対《たい》一の場合は甚《はなは》だ危険な、一対多《た》でも存分《ぞんぶん》に敵を煙に巻ける、恐るべき能力だった。

悠二《ゆうじ》を黒衣《こくい》『夜笠《よがさ》』の端《はし》に捕らえて宙を翻弄《ほんろう》されるシャナが、

（気配を消す〝天目一個《てんもくいっこ》〟の、丸っきり逆――）

などと悠長に四半秒、思っている間に、

ズドンッ、と、

「つがは!?」

その『インベルナ』に乗って襲《おそ》い掛かったフィレスの拳撃《けんげき》が、立てた大太刀《おおだち》の横を擦《す》り抜けて、シャナの胸郭《きょうかく》へと鋭く重い打撃を叩《たた》き込んでいた。メキメキと肋骨《ろっこつ》が拉《ひしゃ》げる感触《かんしょく》の中、それでも逆襲《ぎゃくしゅう》の叫びを、炎髪灼眼《えんぱつしゃくがん》のフレイムヘイズは上げる。

「悠二、自分だけを!!」

暗号のような指示を下すや、まだそこにある拳《こぶし》、フィレスの感覚を逃さない内に一撃《いちげき》、

「つだああ！」

自身を中心に紅蓮《ぐれん》の爆発を起こした。

銀の炎《ほのお》を過《よ》ぎらす陽炎《かげろう》のドーム中空に、琥珀《こはく》の風を吹き散らす紅蓮の爆火《ばっか》が閃《ひらめ》き、弾《はじ》けた。

煽《あお》りを食った人波が模擬店《もぎてん》が爆圧《ばくあつ》で吹き飛び、撓《たわ》み揺らいだ校舎の窓ガラスが乾いた音を立てて一斉《いっせい》に砕け散る。

「はあっ――、はあっ――」

空中、爆発の跡に浮かぶシャナは、片手で拳撃を受けた胸を押さえつつ、周囲へと警戒《けいかい》の目《め》線《せん》を張り巡らせた。その傍《かたわ》ら、黒衣の端に絡めた悠二を引き寄せる。

「……う、ぐ」

宙を何度も高速で振り回されたことへの苦悶《くもん》から、悠二は呻《うめ》き声を上げていたが、体自体《じたい》は

全くの無傷だった。紅蓮《ぐれん》の爆発による怪我《けが》は、焦《こ》げ目一つ見えない。

これこそ、彼が紐《ひも》を通して首にかけている、火除《ひよ》けの指輪たる宝具《ほうぐ》『アズュール』の効果だった。この指輪は、〝存在の力〟を込めることで、炎《ほのお》による攻撃を防ぐことができた。また彼が先刻の、シャナによる片言《かたこと》の指示を瞬時《しゅんじ》に解釈《かいしゃく》、実行できたのは、幾度《いくど》も戦いを共に超えてきた経験からの成果である。

とはいえ、『アズュール』で自身を守るだけの結界《けっかい》を張ってシャナの炎を防ぐ、という指示を実行するだけで、すでに少年・坂井悠二《さかいゆうじ》の対処《たいしょ》能力は限界に近かった。様々な理由から、常人《じょうじん》を超える力を身に秘めてこそいるものの、所詮《しょせん》は一《いち》高校生の付け焼刃《やきば》である。『夜笠《よがさ》』の端《はし》に絡め取られ、上へ横へと振り回された、それだけで息が上がってしまっている。

「はぁ、はっ、シャ、シャナ、大丈——っ!?」

またその言葉が終わる前に振り回された。

シャナが、悠二との中間に支点を置き、高速で縦《たて》に半《はん》回転していた。その回転の先端《せんたん》は、振り下ろす『贄殿遮那《にえとののしゃな》』。

「っだ！」

迎《むか》え撃つのは下から舌打《したう》ちとともに迫る、

「っち！」

爆発のダメージも見えないフィレスが振り上げる拳《こぶし》。

手甲《てっこう》で鎧《よろ》った拳と大太刀《おおだち》の刃《やいば》が激突《げきとつ》、その衝撃《しょうげき》を利用して、双方は宙に分かれた。

そのとき、

「っは⁉」

思わぬ方向からの攻撃を感知《かんち》したシャナは、素早く黒衣《こくい》を縮めて悠二を抱き寄せる。

「わっ⁉」

「悠二、もう一度！」

「！」

再び『アズュール』の結界が生まれ、シャナの背にあった紅蓮の双翼《そうよく》が消える。

新たに浴びせられた、多数の炎弾《えんだん》による攻撃とともに。

結界の外で次々に炸裂《さくれつ》し荒れ狂う炎の色は、群青《ぐんじょう》。

（これ、マージョリーさんの――⁉　どうし）

驚く悠二の足に、リボンが絡まる。

「てっ、うわ⁉」

シャナとともに真下へと牽引《けんいん》され、上を向いた悠二の鼻先に、フィレスの、なにかを摑《つか》み取るかのような掌《てのひら》が、バグッ、と握り込まれる。

（半秒遅《おく》れていたら）

と恐怖した悠二の下に、今度は引っ張られる先、倒れる人ごみで埋め尽くされたグラウンドが迫る。

(ぶ、ぶつか――)

と、人々のすぐ上に浮かんで、彼の足に絡んだリボンを引いている人影《ひとかげ》が見えた。それは、狐のような仮面《かめん》と純白のリボンの鬣《たてがみ》という戦装束《いくさしようぞく》を纏《まと》ったヴィルヘルミナ・カルメル。その、桜色《さくらいろ》の火《ひ》の粉《こ》を舞い散らす幻想《げんそう》の姿は、引く力を中途《ちゆうと》で緩め、自ら飛び上がってくる。

「悠二《ゆうじ》!」

「っと」

シャナの声を受け、また結界《けっかい》を解く。

少女の背に、再び紅蓮《ぐれん》の炎《ほのお》からなる双翼《そうよく》が燃え上がった。爆発のような噴射《ふんしや》によってぐんぐん下方へと加速し、舞い上がってくるヴィルヘルミナと交叉《こうさ》する。

ヴィルヘルミナが紅蓮の突進を、無数のリボンによる柔らかな抱擁《ほうよう》で優しく受け止め、しかし鋭く回転させて、フレイムヘイズ二人、空中で背中合わせの体勢を取った。

仮面が、押し寄せる琥珀《こはく》の風に、

「フィレス! どうか話を――」

シャナが、猛然《もうぜん》と襲《おそ》い掛かる群青《ぐんじよう》の獣《けもの》に、

「待って、『弔詞《ちようし》の詠《よ》み手《て》』!!」

二人同時に叫んでいたが、返事は来ない。

それぞれに敵意だけが漲《みなぎ》っているのが分かる。

背中合わせで宙に浮くシャナとヴィルヘルミナを、群青色に燃えるトーガと琥珀に渦巻《うずま》く『インベルナ』が、両側から挟み込むように押し潰《つぶ》すように、猛然と迫ってくる。

「駄目《だめ》か」

「制圧鎮静《ちんせい》」

アラストールは説得を切り上げ、ティアマトーが唯一《ゆいいつ》だろう対処の方針を示す。

ヴィルヘルミナは仮面の中で苦渋《くじゅう》の沈黙《ちんもく》を保ったまま、自身とシャナ、悠二をすっぽりと囲む、繭《まゆ》のようなリボンを一瞬一気に織り上げた。

外からは、空中に大きなボールが突然現れたように見える。

と、これが突然、十数個にも分かれ、ふわふわと宙を舞い飛び、地を跳ね回る。フィレスの拳撃《けんげき》が、マージョリーの炎が、次々とこれらを破壊してゆく。

ボールの一つ、その中で、僅《わず》かに得た時間を使い、

「ヴィルヘルミナは〝彩飄《さいひょう》〟と戦える？」

「……」

「じゃあ、『弔詞の詠み手《ちょうしのよみて》』をなんとか抑えて。私も〝彩飄《さいひょう》〟を、できるだけ傷付けないように止めてみるから」

「……了解《りょうかい》であります」

二人は決め、攻撃の到来《とうらい》とともに、合わせた背中を離した。

リボンのボールが解《ほど》けた途端《とたん》、悠二《ゆうじ》を前に抱きつかせたシャナが、紅蓮《ぐれん》の双翼《そうよく》を広げて飛び上がり、これを追って、琥珀《こはく》の風も上昇する。群青《ぐんじょう》の獣《けもの》の前に、桜《さくら》色の火《ひ》の粉《こ》を舞い散らすヴィルヘルミナが立ちふさがる。

銀色を壁に過《よ》ぎらす封絶《ふうぜつ》の中、各々《おのおの》に力を振り撒《ま》いて、四つの輝きが激突《げきとつ》する。

プロコネソスの丘を、越える。
くすんだ岩肌《いわはだ》を眼下に、
それは、標的《ひょうてき》を目指す。

校舎の陰で、顔色を蒼白《そうはく》にした佐藤《さとう》が呟《つぶや》く。

「ひでぇ……」

「……っ、……」

田中《たなか》は、その傍《かたわ》らでしゃがみ込んで、必死に吐き気を抑えていた。

二人は、学校全体を覆《おお》った封絶《ふうぜつ》から取り残されていた。

親分と崇《あが》め慕《した》うマージョリーが、いつか彼らの街・御崎市《みさき》を出て行くときは、その後を付いてゆく。そんな無謀《むぼう》に過ぎる夢を公言して憚《はばか》らなかった子分《こぶん》らは今、まさしく望んでいたはずの場所・戦場にあって、『この世の本当のこと』に直面させられていたのである。

御崎高校清秋祭《せいしゅうさい》一日目のクライマックスに突如《とつじょ》、湧《わ》き起こった暴風で吹き飛ばされた人々が倒れかける——瞬間に静止した世界の、異能者《いのう》たちによる蹂躙《じゅうりん》。所にも人にも構わず、炸裂《さくれつ》する群青の炎、降りかかってくる琥珀の衝撃波《しょうげきは》、そして時折《ときおり》、紅蓮の高熱までも。全ての粉砕《ふんさい》が、四散《しさん》が、炎上《えんじょう》が、観衆の詰め掛けるグラウンド直上で行われた結果は、まさに酸鼻《さんび》の極みと言うべき惨状《さんじょう》を呈していた。

群青の炸裂《さくれつ》で引き千切《ちぎ》れる人々、琥珀の衝撃波で枯葉《かれは》のように吹き飛び拉《ひしゃ》げる人々、紅蓮の炎に焼き砕かれる人々……皆、彼らがたった今まで混じって騒いでいた観客、紛《まぎ》れて楽しんでいた御崎高校の生徒、一緒に笑い合っていたクラスメイトだった。

佐藤は、そのあまりに凄惨《せいさん》な光景を生み出した、宙を舞い踊る四つの輝きを、竜巻《たつまき》の中から湧《わ》き上がった、銀色の光が時折過ぎる陽炎《かげろう》のドームを、振り仰ぐ。冷や汗を頬《ほお》に拭《ぬぐ》い、震える唇を噛《か》み、できるだけその下を見ないようにしながら。と、

「田中、無理すんな!?」

傍《かたわ》らで、田中が蠟《ろう》のように蒼白《そうはく》な顔を上げて立とうとしていた。

「だ、大丈夫、だ」

その膝《ひざ》は、常の力強さしなやかさを失い、ガクガクと震えていたが、もちろん佐藤《さとう》にはそれを馬鹿にする気などない。ただ一言だけ、反論した。

「大丈夫なわけ、ないだろ」

「……」

田中《たなか》は黙った。

彼は、流れ弾《だま》を避ける際、まともに見てしまったのだった。

封絶《ふうぜつ》の中、炎弾《えんだん》を受けて燃え上がり、また砕かれる、一人の姿を。

それは……そう、それは……

佐藤は、彼がパニックを起こしていないことを、奇跡《きせき》のように思っていた。たまたまその場を見ず、大きく弾《はじ》き飛ばされ、今の物陰《ものかげ》に逃げ込んだ自分が、非常な幸運に恵まれていることも分かっていた。自分が同じ目に遭《あ》ったら、耐えられないかもしれない――

(――いや、耐えられない、だろうな)

飾る気もなく、そう思った。そして、

「いや、やっぱり大丈夫、か」

慰《なぐさ》めとしても気の利かない言葉に、已《おのれ》への怒りさえ覚えながら無理矢理《むりやり》に笑い、

「後でちゃんと……、全部直してくれるんだから」

途中で一旦《いったん》、唾《つば》を飲んで、ようやく言い切った。

田中は少し黙ってから、ようやく頷《うなず》く。重く、僅《わず》かに。

「ああ。姐《あね》さんが、嘘《うそ》つくかよ」

しかし、その声は、言葉の強さとは裏腹《うらはら》に、肺を気遣《きづか》うような、頼りないものだった。

「……ああ」

悔《くや》しさを滲《にじ》ませて、しかし強く、佐藤は親友の肩を摑《つか》んだ。顔は見ず、見せず、フレイムヘイズと〝紅世《ぐぜ》の王〟が戦い合う空を、また仰ぐ。

彼らはマージョリーから、〝紅世《ぐぜ》〟について聞けるだけ、理解できるだけの知識を教わっていた。因果《いんが》孤立空間・封絶《ふうぜつ》の内部で起こった破壊は、断絶《だんぜつ》させた外部と整合させる形で復元が可能であることも、その一つ。

「あんたたちに渡す、この付箋《ふせん》に込められた自在式《じざいしき》は、封絶《ふうぜつ》の中でも行動を可能にする代わりに、他のモノのように修復《しゅうふく》できなくなる、ってデメリットも持ってる」

付箋を渡す際のマージョリーの言葉である。

「だから、封絶《ふうぜつ》の中に囚《とら》われたと気が付いたら、まず、自分の身を守ることから始めなさい。封絶《ふうぜつ》が小さかったら、そこから逃げ出しなさい。これは助言じゃなくて命令よ」

彼ら二人が戦闘の恐怖に抵抗せず、周りの惨状《さんじょう》を置き去りにしたまま退避《たいひ》したのは、その理《り》屈《くつ》と命令の後押しあってのことだった。でなければ彼らも、無理に踏みとどまるなり混乱するなりして、無駄死《むだじ》にしてしまっていたのだろうから、指示に間違いはない。

それでもやはり、実際に人々が無茶苦茶《むちゃくちゃ》にされる様《さま》を背に逃げ出す、という行為《こうい》は、戦いに加わろうと意気込んでいた少年らの矜持《きょうじ》、自信、希望を、粉々《こなごな》に打ち砕いていた。それら彼らにとって、普段の大言壮語《そうご》が逆転して自分に降りかかる、大きな屈辱《くつじょく》でもあった。

「くそっ！」

佐藤《さとう》は、どうしようもない自分を、心底から罵倒《ばとう》した。

「……」

田中《たなか》は答えない。同じ気持ちであることは分かりきっていた。

悔《くや》しさ、ただそれだけ。

悔しさ、それを感じていながら、体も心も思う方向に動いてくれない。

『なにもできないと分かっていても、なにかをしたい』

そんな無謀《むぼう》で無邪気《むじゃき》な前進の意欲こそが、二人を支えていた。かつて、街《まち》全体を覆《おお》った山吹《やまぶき》色の封絶《ふうぜつ》の中を走ったときのように。かつて、御崎《みさき》市駅に巣食《すく》っていた〝徒《ともがら》〟の施設へと、〝燐子《りんね》〟の監視《かんし》を掻《か》い潜《くぐ》り向かったときのように。

しかし今、少しばかり厳《きび》しく過酷《かこく》な状況になったくらいで、体は強張《こわば》り、心は竦《すく》みあがってしまった。彼らに分かったのは、人間と〝徒《ともがら》〟の間には、気構えや努力ごときではどうにもならない、絶対的で絶望的な差がある、ということだけだった。

言い訳の効かない、実体験による無力感。

この、少年という生き物にとって最悪の一撃《いちげき》、絶対に味わいたくない気持ちの中、二人は、一旦《いったん》受け入れれば、今目指すもの全てが終わる、『どうせ人間には』という諦観《ていかん》や『ここまで頑張《がんば》ったんだから』という妥協《だきょう》と、必死に戦っていた。

封絶《ふうぜつ》の中に踏みとどまるという、非力《ひりき》な身にできる最大の行為で。

戦う炎《ほのお》と炎を、ただ見るために。

(できて、こんな程度、なのか)

佐藤は強張《こわば》り過ぎて震える手を、胸ポケットに入れた付箋《ふせん》――彼らの周りに自在法《じざいほう》を作り、この世界を歩く権利を与えてくれる力の源――に当てて、思い出す。

かつて、マージョリーが自分たちに投げつけた、二つのものを。

一つは、〝徒《ともがら》〟が使っていたという、恐ろしく重い、西洋風の大剣《たいけん》。

もう一つは、言葉。

(――「あんたたちの目指してるものは、これに全部入ってる」――)

あれがいかに優しい、親分からの心遣《こころづか》いであったのかを、佐藤は(それを勝手に持ち出して叱責《しっせき》されたことも含め)不肖《ふしょう》の子分《こぶん》として、ようやく痛感《つうかん》していた。彼女の戦いは、彼女らフレイムヘイズの戦いは、重い剣《けん》一本持ち上げてどうにかなるようなレベルでは、到底《とうてい》なかったのである。

（他には、本当に、全然、なにも……）

フレイムヘイズにとって、〝徒《ともがら》〟にとって、人間とは全く眼中に入れる必要のない、踏み付ける石ころ程度の存在に過ぎない。それが、肌《はだ》に感じる熱波《ねっぱ》、震える空気で分かる。

彼ら二人の何が常人《じょうじん》と違うかといえば、封絶《ふうぜつ》の中でも止まっていないということだけで、それもマージョリーに借りた力あってのこと。いつだったか、その借り物の力で重い剣を持ち上げ、これで自分も戦える、と得意がった馬鹿な自分をも見据《みす》えて……

（でも、俺は）

佐藤《さとう》は見上げることを、まだ止めたくなかった。理屈《りくつ》ではなく、そうしていたかった。状況に加わることを望むように、その堅い口を開ける。

「上、な」

「え……？」

座り込んでいた田中《たなか》が、淀《よど》んだ顔を重たげに上げる。

「カルメルさんが、マージョリーさんを妨害してるみたいだ」

「なん、で……？」

「分からん」

「なんだ」

再び視線を地に落とした田中は、その陰から声を出す。

「なあ、佐藤……姐《あね》さん、ああなったのは」

一つの姿を思い出して、さらなる恐怖に背筋《せすじ》を震わせた。

「やっぱり……〝銀〟、のせいか？」

佐藤は炎《ほのお》の激突《げきとつ》するさらに上、ときおり陽炎《かげろう》の壁を過《よ》ぎる輝きを見て、小さく頷《うなず》く。

「たぶんな」

彼らは、マージョリーの所業《しょぎょう》に戦慄《せんりつ》こそしていたが、そうする行為を止める気にはなれなかった。自分たちに止められる程度のものではないことが、分かっていた。

二人とも〝銀〟――このフレイムヘイズと〝紅世《ぐぜ》の徒《ともがら》〟、双方の誰も実態を知らないという謎《なぞ》の〝徒《ともがら》〟の姿を、マルコシアスによって見せられていた。

また、マージョリーの巨大な怒りと憎しみを、暴走した彼女自身が撒《ま》き散らしたという火《ひ》の粉《こ》に触れることで、嫌と言うほどに共感させられてもいた。

なにが彼女を邪魔《じゃま》できるものか、と感じさせられた、あの銀色の炎を持つ怪物《かいぶつ》が、どんな理由でか、今ここに、封絶《ふうぜつ》という形で現れている。

（マージョリーさんが、ああなるのも当《とう》ぜ――）

「――ん？」

ふと、佐藤は事実のどこかに引っかかりを覚えた。

「どう、した……？」

尋《たず》ねる田中《たなか》には答えず、考える。

(どこに、ヤツがいるってんだ?)

いつしか、根本的な疑問が胸を占《し》める。

(炎《ほのお》の、色?)

封絶《ふうぜつ》は張った者、あるいは、構成を維持している者の炎の色を表す。

そう、マージョリーから確かに聞いていた。

(どこに銀の炎を持つヤツがいる?)

胸の内に、疑問が湧《わ》いてくる。

(あそこにいる中の、誰が〝銀〟なんだ?)

宙を舞う四つの煌《きらめ》きを、また見上げる。当初は、

(清秋祭《せいしゅうさい》を襲《おそ》って、爆風《ばくふう》でみんなを薙《な》ぎ倒した〝徒《ともがら》〟が、当然〝銀〟……)

と思い込んでいた。しかし、

(……違う)

動転《どうてん》に揺れ、恐怖に凍る心を、必死に動かして考える。

陽炎《かげろう》のドームの中空《ちゅうくう》で、シャナの紅蓮《ぐれん》と、もの凄《すご》い速さで激突《げきとつ》している、来襲《らいしゅう》者だろう〝徒《ともがら》〟の炎は、出現当初《とうしょ》から一貫《いっかん》して琥珀《こはく》色である。言うまでもなくマージョリーは群青《ぐんじょう》色で、ヴィルヘルミナは桜《さくら》色だと聞いている。

（じゃあ、この銀色は、いったい誰の炎なんだ？　まさか、どこかに隠《かく》れて――）

という疑問を抱く中、
唐突《とうとつ》に一人の少年の姿が浮かぶ。

「あ……っ！」

「どう、した」

「いや」

今の田中に気付かれるほどに表情を変えた佐藤《さとう》は、それでも一言で声を切った。口走りそうになった言葉を、咄嗟《とっさ》に飲み込む。

「なんだよ」

「……」

もう一度、田中に問われて、しかしなおも沈黙《ちんもく》を守る。

（まさか）

否定しようとするが、しかし心のどこかでは、考えられることだとも思う。常から密《ひそ》かに羨《うらや》み、心の奥底では妬《ねた》みさえ持って見ていた、人間ではない友人……しかし今、それを口にしようとは思わなかった。

友人に向けているのが醜悪《しゅうあく》な感情であるという、一人前の自覚と自重《じちょう》からではなかった。

友人の苦悩を知っていたがゆえに、その告発を避けるという思い遣《や》りからでもなかった。

その友人が自分たちを超えたことを口にしたくないという、子供っぽい反発からである。

（くそっ、俺は——）

全部分かって、それでも迷い、惑《まど》う。

友人……宝具《ほうぐ》『零時迷子《れいじまいご》』の〝ミステス〟坂井悠二《さかいゆうじ》が、マージョリーの標的《ひょうてき》になっている可能性の大きさを理解しながら。そんな自分に、嫌悪感《けんおかん》さえ抱きながら。なおも迷い、惑う。

どうしようもない嫉妬《しっと》と焦燥《しょうそう》で、体が縛《しば》り付けられる。

（俺なんかに、なにができるってんだ……）

無力な少年らを他所《よそ》に、戦いは続く。

イムラリの島を、渡る。
ちっぽけな地面を眼下に、
それは、標的《ひょうてき》を目指す。
遮二無二《しゃにむに》、銀の炎《ほのお》を作り出したなにかへと突進する群青の獣《ぐんじょうけもの》『弔詞の詠み手《ちょうしよて》』の後方から、
仮面《かめん》にリボンの鬣《たてがみ》を靡《なび》かす『万条の仕手《ばんじょうして》』が追う。

「つは！」

ヴィルヘルミナの掛け声に乗り奔《はし》ったリボンが、トーガの獣をスッポリ包む回廊《かいろう》を、宙に作り上げた。完成とともに、リボンの表面に桜《さくら》色の自在式《じざいしき》が浮かび、トンネルが湾曲《わんきょく》する。

「邪魔《じゃま》、を——」

この中をすっ飛ぶ獣、怒り狂うフレイムヘイズ『弔詞《ちょうし》の詠《よ》み手《て》』が唸《うな》る間に、彼女の飛翔《ひしょう》が自在式の干渉《かんしょう》を受けて曲がり、誘導《ゆうどう》されていた。終着する先は、茣蓙《ござ》の敷かれた無人の屋上。

「——するなぁ!!」

「マージョリー!!」

相棒《あいぼう》による制止の声には、やはり効果がない。

群青の獣は行く先に向けてクルリと体を反転させ、誘導《ゆうどう》者の意図通り、屋上に着地する。

だけでなく、
その着地した場所が水面であるかのように、ドポンと火《ひ》の粉《こ》を水しぶきのように上げて埋没《まいぼつ》した。途端《とたん》、激突音《げきとつおん》や爆発の代わりに群青の炎が屋上へと溢《あふ》れ、一面を埋めた。

「!?」

後を追い、上空から舞い降りるヴィルヘルミナは、驚きの吐息《といき》を仮面の奥で漏《も》らす。

と、どこからか、轟々《ごうごう》と歌声が鳴り響《ひび》く。

「パイ作ったのはぁ、だれ!?」

「警戒《けいかい》！」

言わずもがなことを、あえてティアマトーが叫んだ途端《とたん》、屋上を埋めていた炎《ほのお》が一斉《いっせい》に鎮《ちん》火《か》する。

（どう、出る……？）

ヴィルヘルミナは、これが助走、爆発前《まえ》の静けさであると察知《さっち》し、防御の自在法《じざいほう》を張るための力を練る。

「パイ取ったのはぁ、だれ!?」

歌を掛け声に、屋上の面積分《ぶん》の炎が一挙《いっきょ》に弾《はじ》け、宙に浮かぶ標的《ひょうてき》・ヴィルヘルミナに向けて襲《おそ》い掛かった。しかも、

「っは!?」

それは単なる攻撃ではない。

「かれ!!」「あのこ!!」「パイめっけたのはぁ、だれ!?」「おれ!!」「かれ!!」「パイ食ったのはぁ、だれ!?」「あのこ!!」「おまえ!!」「おれ!!」「かれ!!」「あのこ!!」

弾《はじ》けた炎が幾十《いくじゅう》ものトーガとなって、ヴィルヘルミナの傍《かたわ》らを通り過ぎようとしていた。小さな炎も無数の炎弾《えんだん》となって、逃げ場を与えない、逆巻《さかま》く破壊の豪雨《ごうう》となる。

「――」

しかし『万条《ばんじょう》の仕手《して》』は、この程度の数を捌《さば》くことには、なんの苦も感じない。

「――はっ！」

叫ぶでもない、小さな声を乗せた舞の一指《ひとき》して、鬣《たてがみ》が万条《ばんじょう》の名のまま華麗《かれい》に広がり、全てのトーガと炎弾をリボンで捕らえる。が、

「、、、」

「トラバサミだ！」

マルコシアスが絶叫《ぜっきょう》する、そのときには既に、
ババババババン、

「!?」

と捕らえた全てのトーガが炎弾が炸裂《さくれつ》し、しかもそれだけでない、変質《へんしつ》まで見せていた。火花の散った後に残されたのは、リボンを取り巻いて回る自在式《しき》。

ヴィルヘルミナはそれら紋様《もんよう》の種類から、

（捕縛《ほばく》の自在式！）

と瞬時《しゅんじ》に看破《かんぱ》し、戦慄《せんりつ》した。

その回るにつれて、リボンの上を群青《ぐんじょう》色に輝く自在式が、高速で侵食《しんしょく》してくる。信じられないレベルの自在法制御《せいぎょ》だった。

「切除《せつじょ》！」

ティアマトーの指示は、中途《ちゅうと》までしか果たせなかった。鬣《たてがみ》の半分方《かた》を切り離したときには、既にリボンを伝った群青《ぐんじょう》の自在式《じざいしき》が、彼女を宙に縫《ぬ》い付けていた。

そして、

「パイが欲しいって泣いたのはぁ――――スウッ――」

怖気《おぞけ》を誘う吸気音《きゅうきおん》が、炎《ほのお》の発射された屋上の中央から、そこに未だ在った『弔詞《ちょうし》の詠《よ》み手《て》』の本体から、届く。

「っく！」

急ぎ、残ったリボンを盾代《たてが》わりに前面へと展開・交叉《こうさ》させる『万条《ばんじょう》の仕手《して》』に向けて、

「みんな――ツバハアッ!!」

高熱《こうねつ》高圧の炎たる群青色の怒涛《どとう》が、無茶苦茶《むちゃくちゃ》な量、迸《ほとばし》り流れた。宙に縫《ぬ》い付けられたヴィルヘルミナを飲み込んで、

（く、ああっ！）

その怒涛は通り過ぎ、収縮《しゅうしゅく》し、またトーガとなり、黒焦《くろこ》げとなった彼女の背後へと飛び抜けていた。全てが彼女をかわすための擬態《ぎたい》だったと知り、

「しまった！」

叫んで振り向いた、

「背後！」

「よけろぉ！」

その先で、トーガが弾《はじ》けて消えた。

（なっ⁉）

思った瞬間、ティアマトーとマルコシアスの叫びを理解する前に、また背中へと寸胴《ずんどう》の底を丸ごとぶつけるような両足蹴《げ》りが放たれていた。重い蹴りと同時に、リボンに捕らえられないための、また打撃力としての、強烈な爆発が起きた。

「つが、は！」

さらに、

「邪魔《じゃま》するなって‼」

吹っ飛ぶ間も与えず、

「言っっってんのよ‼」

とどめの炎弾《えんだん》が至近《しきん》から無数、釣瓶《つるべ》打ちに放たれる。

「ぐ、あ、あ……っ！」

今度こそ、炎弾による連続の痛撃《つうげき》を背後からまともに浴びせられて、

（まだ、まだ‼）

渦巻《うずま》く煙と炎《ほのお》の中、宙をふらついたヴィルヘルミナは……しかし執念《しゅうねん》から、遠慮《えんりょ》無用手加《てか》減《げん》抜きの攻撃、無数のリボンを硬化させた槍衾《やりぶすま》を放っていた。

自身の爆炎《ばくえん》に紛《まぎ》れ、自身が詰めた距離から繰り出されたその攻撃を、しかし戦闘術者としてのマージョリーは確《かく》と捕らえていた。

ボボボボッ、とリボンがトーガを幾《いく》つも貫《つらぬ》き通した。

「!?」

が、ヴィルヘルミナには手ごたえがない。

どころか、再びトーガは、その体丸《まる》ごと分の捕《ほ》縛《ばく》の自《じ》在《ざい》法《ほう》へと変換され、驚いた彼女へと一気に流れ込む。強烈な熱さと痛みの中、

「ああっ!!」

ガキッ、と体が動く中途《ちゅうと》で強制的に固まっていた。

彼女が喘《あえ》いで見た上空、
三日月のような牙《きば》を並べて笑う、群青《ぐんじょう》の獣《けもの》が、熊の数倍は太い両腕を頭上に振り上げ、その掌《てのひら》の間で、おそらくは致命傷《ちめいしょう》となるだろう、凝縮《ぎょうしゅく》された大きな炎弾を練っていた。

「いー加減《かげん》にしねえか、マージョリー!!」

「邪魔《じゃま》は、させない――」

捕縛の自在法によって固まったヴィルヘルミナは、群青の獣が齎《もたら》すだろう必殺の一撃《いちげき》、その向こうにある、、、、一つの光景を、ただ見上げていた。


ゲムリック湾を、行く。

狭い湾口を眼下に、
それは、標的《ひょうてき》を目指す。

紅蓮《ぐれん》と琥珀《こはく》、中空における幾度目《いくどめ》かの際どい交錯《こうさく》を経て、距離を取った。

シャナは飛翔《ひしょう》の最中、背後で数度目の、〝彩飄《さいひょう》〟フィレスによる両肩の口への吸気《きゅうき》が起きているのを、その規模に差が表れているのを、明敏《めいびん》に捉《とら》える。

「アラストール」

「うむ」

シャナは胸元のペンダントと言い交わし、自分の見立てに確信を得た。

同時に、そのやや下にしがみつく悠二《ゆうじ》の必死な形相《ぎょうそう》を見て、密《ひそ》かに安堵《あんど》を得る。

〝ミステス〟の少年は、シャナとフィレスによる交錯の間、振り回されながらも、今の格好《かっこう》を維持《いじ》し続けていた。常人《じょうじん》ならば、まず間違いなく飛翔の風圧か急制動《きゅうせいどう》の衝撃《しょうげき》で振り落とされていたはずだが、幸い今の彼は〝存在の力〟の繰《く》りを習得《しゅうとく》しつつあり、『少女に摑《つか》まる』という、体勢の堅持《けんじ》程度なら容易《たやす》くなっている。

(そういえば、以前『弔詞《ちょうし》の詠《よ》み手《て》』と戦ったときも、こうだったっけ)

当時と比べて、お互いどれほど成長したかを、フレイムヘイズの少女は思った。

と、まるでその思いに答えるかのように、悠二が言う。

「あのさ、シャナ……」

「なに」

遠く宙に浮かび、さらなる攻撃態勢を取る〝紅世《ぐぜ》の王〟を、二人は見る。

「さっきから、段々《だんだん》風を集める力が小さくなってないか？」

「分かってる」

満足げな気色《きしょく》が伝わらないよう、努めて平静な声で短く、シャナは答えた。

悠二は首を傾《かし》げる。

「あの風を作る技……強力だけど、そう何度も使えないのかな」

「違うな。恐らくは――」

「来る！」

アラストールの解説を、シャナが切った。

フィレスが突進してくる。まるで見えない飛行機が雲を引くような、体全体《ぜんたい》を包み隠《かく》す琥珀色の風『インベルナ』は、しかし今や初撃《しょげき》のように視界《しかい》全てを覆《おお》うほどの大きさを持っていない。体の周囲を一回り二回り囲う煙幕《えんまく》でしかなくなっていた。

（これなら）

シャナは対処の容易《たやす》さを認識し、しかし反面、

（別の手に警戒《けいかい》しないと）

と気持ちを引き締める。しがみつく悠二《ゆうじ》に声をかけ、

「炎《ほのお》を出す」

「分かった。僕の方は気にしないで」

冷静な声を受け取るや、強く笑って紅蓮《ぐれん》の双翼《そうよく》に力を入れる。

ボン、と破裂《はれつ》するような炎を一吹《ひとふ》き吐いて、フレイムヘイズと〝ミステス〟は、琥珀《こはく》の暴風に向かって飛翔《ひしょう》する。

学校全域《ぜんいき》を覆《おお》う規模の封絶《ふうぜつ》とはいえ、ドーム状である上空は狭い。

見る間に双方《そうほう》距離が詰まる中、

（来た！）

悠二はシャナの身の内に湧《わ》き上がる、巨大な力の予兆《よちょう》を感じ取っていた。首にかけた火除《ひよ》けの指輪『アズュール』に、自分自身をぎりぎり守るだけの力を、加減《かげん》して注《そそ》ぎ込む。

シャナは、そんな少年には全く構わず――彼の身の安全に気を遣《つか》わなくても良くなったのである――自らの突進の先端《せんたん》、大太刀《おおだち》『贄殿遮那《にえとののしゃな》』の切《き》っ先《さき》に、莫大《ばくだい》な力を注ぎ込む。応えて、切っ先から刀身《とうしん》へと紅蓮の炎が渦巻《うずま》き、巨大な炎の剣が構成される、
刹那《せつな》、

「っ、はあっ!!」

「うっ⁉」

マージョリーが両腕を振り上げ、必殺の一撃《いちげき》を練っている、特大の炎弾《えんだん》。

咄嗟《とっさ》にフィレスは、かわすための力を入れ、しかし自らの勢いでは、もうそれも叶《かな》わないことを悟《さと》り、最悪の防御として、衝突地点にあるものへの攻撃に切り替える。

シャナが悠二《ゆうじ》ごと、

「来る！」

「わぷっ⁉」

自らを黒衣《こくい》『夜笠《よがさ》』で幾重《いくえ》にも包み、守った瞬間、

――ドオッ――!!――

と銀色の封絶《ふうぜつ》の内部に、壮絶《そうぜつ》な群青《ぐんじょう》の爆発が湧《わ》き起こった。
眼前の敵しか見てなかったマージョリーは、この自身の生み出した特大の炎弾による爆発をまともに受け、同じ爆発に晒《さら》されたフィレスは、半《なか》ば意識を失って弾《はじ》き飛ばされた。
その二人、
一瞬の隙《すき》を突いて絡んだリボンが、丸ごとまとめて幾重《いくえ》、幾十重《いくとえ》、幾百重《いくひゃくえ》、しつこくしつこく高速で巻きついてゆく。

「お願いだから――」

その上から、悠二《ゆうじ》を放り出したシャナが、

「――大人《おとな》しく、して!!」

紅蓮《ぐれん》の双翼《そうよく》により加速した、両足による蹴《け》りを叩《たた》き込んだ。

校舎の裏庭にマージョリーとフィレス、一塊《ひとかたまり》が地響《じひび》きと土煙《つちけむり》をあげて落着《らくちゃく》する。

空中、悠二を受け取ったヴィルヘルミナが――ボロボロの身をようやく育ての親としての見《み》栄《え》で支えつつ――一言、

「お見事」

「絶妙連携《ぜつみようれんけい》」

ティアマトーとともに評価した。

着地したシャナも、彼女の肩の線に感情の緩みを見て取り、

「当然。だって、私とヴィルヘルミナだもん」

仮面《かめん》の内にある表情に向けて、ニッコリと笑い返していた。


小アジアに、入る。

欧州を背に、

それは、標的《ひょうてき》を目指す。

2　別れ道

オズニックの湖を、奔《はし》る。
静かな湖面を眼下に、
それは、標的《ひょうてき》を目指す。

裏庭にある築山《つきやま》の斜面に打ち落とされた『弔詞《ちょうし》の詠み手《よみて》』マージョリー・ドーと〝彩飄《さいひょう》〟フィレス、まるで繭《まゆ》のようにリボンで全身をぐるぐる巻きにされた二人に向かって、

「お願いであります」

仮面《かめん》を額《ひたい》に上げたフレイムヘイズ『万条の仕手《ばんじょうのして》』ヴィルヘルミナ・カルメルが、パートナーの〝夢幻の冠帯《むげんのかんたい》〟ティアマトーともども、哀訴《あいそ》の色を隠《かく》さずに言う。

「どうか、二人とも……話を」

「傾聴《けいちょう》」

その隣《となり》に立つシャナも、悠二《ゆうじ》をやや離れた背後に隠し、見下ろす。

マージョリーは未だ恐ろしい力で、内側からブチブチとリボンを引き千切《ちぎ》り、またトーガの炎《ほのお》で焼き焦《こ》がして、己《おの》が復讐《ふくしゅう》の成就《じょうじゅ》へと、一心《いっしん》に足掻《あが》きもがいている。

ヴィルヘルミナは重傷の身を押して、このようやく捕らえた、圧倒的な力を振り撒《ま》く虜囚《りょしゅう》の拘置《こうち》を必死に維持《いじ》する。僅《わず》かでも気を抜けば、あっという間に外に飛び出してしまうことは確実、飛び出せば戦いが再開されることは、さらに確実だった。

一方、フィレスは、マージョリーのとどめの炎弾《えんだん》を、直撃《ちょくげき》を外したとはいえ至近《しきん》で受けて、すっかり大人《おとな》しくなっている……と言うより、意識を失っていた。すでに持てる力も大半《たいはん》を使い果たし、衰弱《すいじゃく》した状態にある。今、こうして捕らえているのは、あくまで念《ねん》のためだった。

残された力の少なかっただろう状態から、大規模な力を感情に任せて使いすぎたため、その限界はあっけないほど早く唐突《とうとつ》に来た。あるいは、世界中へと無数にばら撒いていたはずの、探査と移動の自在法《じざいほう》『風《かぜ》の転輪《てんりん》』に大半の力を使ってしまっていたのか……。

そんな彼女の事情を思い、胸の底を重く感じるヴィルヘルミナを他所《よそ》に、

「さて、と……」

その隣《となり》に立つシャナは、あくまでフレイムヘイズとしての思考《しこう》を巡らし、それでも錯綜《さくそう》した事情《じじょう》状況から、僅かに困った顔で胸元へと訊《き》く。

「アラストール、どこから、どう話そう」

「ふむ……」

さすがのアラストールも、即答《そくとう》ができない。

その後ろ、安全な距離を取って立つ悠二も、口が重い。常ならば、シャナらの論を補足するように、諸状況《しょ》を的確に分析《ぶんせき》しているところだったが、今日の場合、二人が二人とも自分を標的《ひょうてき》としている。なにを言っても命乞《いのちご》いと取られかねず、また実際その通りでもあった。どう話を切り出せばよいか分からず、ゆえに黙っているしかなかった。

と、その複雑な思惑《おもわく》の絡まる沈黙《ちんもく》を、

「簡単だろ」

不意に、そして率直《そっちょく》に、後ろからの声が破った。

「おまえが出した、銀色の炎のことから話せばいい」

「佐藤《さとう》!?」

悠二が驚き振り向いた先、玄関ロビーの裏庭側《がわ》出口に、佐藤啓作《けいさく》が立っていた。その傍《かたわ》らには、ようやく自力で立つ気力を取り戻した田中栄太《たなかえいた》の姿もある。悠二に、分かっている、という風《ふう》に、力なく――しかし震える――手を上げると、リボンの檻《おり》の中で狂乱《きょうらん》するマージョリーにか細い声を投げかける。

「姐《あね》さん……そいつ、俺たちの、友達です」

「田中……」

悠二《ゆうじ》は、二人が事情を全て理解した上で言う、その当たり前の言葉に、動揺と感激を同時に覚えていた。なにかを言いたくなり、しかしなにを言えばいいのかが分からない、
その単純な反応に、佐藤《さとう》は張り詰めた苦笑《くしょう》、という不思議《ふしぎ》な表情で答える。

「今さら隠《かく》したりするなよ？　五色の火から、フレイムヘイズ三人と〝徒《ともがら》〟一人を引けば、残ってんのは、おまえだけ……俺でも分かる計算だ」

「そう、か……」

佐藤が自分を責めるつもりで事情を暴露《ばくろ》しているのではない、マージョリーに話しかける、そのための前置きを、彼らの間で始めたのだと、悠二は気付き、黙った。

「姐《あね》さん……」

その矛先《ほこさき》が、ようやく目当ての人物、轟々《ごうごう》と炎《ほのお》の衣を群青《ぐんじょう》に燃やし、リボンを焼き千切《ちぎ》りつつある猛獣《もうじゅう》へと向けられる。

「こいつが、銀だなんて……ホントに、思ってんですか……？」

田中《たなか》は、いつもの活力が嘘《うそ》のように、弱々しく語りかけた。

佐藤は逆に、どこか拗《す》ねたような、負の響《ひび》きを加えて、続ける。

「マージョリーさん、今ここにいる坂井《さかい》が、もし〝銀〟そのものじゃなくて、奴《やつ》に辿《たど》り着く手がかりだったら、どうするんです……坂井が消えても、奴はまだ、どこかでのうのうと生き続けてるかもしれない、坂井は誰かに利用されてるだけかもしれない……なのに、今の怒りだけ

で全部台無《だいな》しにして、いいんですか」

ヴィルヘルミナが頷《うなず》き、未だ暴れる群青の獣《けもの》へと、静かに告解《こっかい》する。

「先刻、私が伝えようとしていたことは、これであります。判明は昨夜のこと。伝えれば、必ず貴女《あなた》がこうするだろうことは、分かっていたのであります……だから」

「理解要請《ようせい》」

ティアマトーが言う間に、佐藤と田中は、悠二の前に、シャナよりも前に、マージョリーの傍《そば》へと、歩み出していた。

悠二は、不用意に近付く二人に焦って叫ぶ。

「佐藤、田中――」

佐藤が振り向き、

「いいから、お前はそこにいろ」

ほとんど睨《にら》み返しながら答えた。

その刺々《とげとげ》しさに僅《わず》かに怯《ひる》む悠二を、しかし田中はいつものようにフォローせず、ただ築山《つきやま》の緩い斜面に半《なか》ば埋まる、マージョリーを内に隠す群青の獣に向かって語りかける。

「姐《あね》さん、ひどい、ですよ……」

その声は弱々しく震えていた。

「全部、知ってます。姐さんがずっと〝銀〟を探してたことも。怒って暴れる理由も。封絶《ふうぜつ》の中でなら、いくら壊しても大丈夫なことも。後で、直せること、も……」

思い出したあの瞬間の衝撃《しょうげき》が、声に滲《にじ》む。滲んで、すぐに溢《あふ》れ出す。

「でも」

恐怖だけでなく、苦しみと悲しみと悔《くや》しさを混ぜた、涙として。

「あんな、あんなこと……ないですよ」

ヴィルヘルミナは、

（！）

リボンを引き千切《ちぎ》ろうとするトーガの抵抗が、僅《わず》かに弱まったのを感じた。

「みんなを……フレイムヘイズは、みんなを守って、くれるんじゃ」

シャナは、

（その定義は拡大解釈《かいしゃく》に過ぎる）

と思ったが、今はそれを指摘《してき》すべきではないと感じ、黙る。

「あの爆発の中に……」

田中《たなか》の涙が、とめどなく落ちる。

トーガが不意に、ぐ、と顎《あご》を上げる。

シャナは攻撃の予備動作かと警戒《けいかい》し、田中と佐藤《さとう》を守りに入る力を溜《た》めた。

が、群青《ぐんじょう》の獣《けもの》の内に、力の集中はない。

田中の声を、ただ聞く。

「中に、オガちゃん、いたんですよ……」

聞いて、そして固まった。

「マージョリーさん」

佐藤は、彼女の仕草《しぐさ》の意味を理解していた。田中の抱く気持ちに、さらに怒りを加え、涙は流さず、搾《しぼ》り出すように言う。

「俺が言ったこと、田中が言ったこと……全部、分かってて、やったんでしょう」

と、止まっていたトーガが、再び暴れだした。

佐藤には、それが彼女の誤魔化《ごまか》しだと見えた。完璧《かんぺき》だと思っていた女傑《じょけつ》、憧《あこが》れ目指した強き者、そんな彼女の綻《ほころ》びを見て、しかし不思議《ふしぎ》と失望はなかった。どころか、抱いた激情《げきじょう》はそのままに、彼女のそんな様子《ようす》を——可愛《かわい》い、と、

（ば、馬鹿か俺は）

慌《あわ》てて打ち消し、ことさらに語気《ごき》強く弾劾《だんがい》する。

「何百年もやってきたことを、なんで自分から台無《だいな》しにしようとするんです！」

田中も、零《こぼ》れる涙を隠《かく》そうともせず訴えかける。

「もし御崎市《みさきし》駅みたいに、そのままになったら、って思ったら、俺、俺——！」

子分《こぶん》二人から、理屈《りくつ》と感情をぶつけられた群青の獣は、いつしか動きを止めていた。

そこに、ようやく相棒《あいぼう》の耳に言葉の届く時が来たかと、マルコシアスが口を開く。

「我が涙の大盃《たいはい》、マージョリー・ドー」

彼の声には明らかな——佐藤《さとう》や田中《たなか》、ヴィルヘルミナも聞いたことのない、マージョリーだけが何百と聞いてきた——気持ちが、表れていた。

「止めやしねえ。だがよ、ちぃーっとばかし、考えてみるこった。駄々こねるザマを子分《こぶん》に見せる、親分の格好《かっこ》悪さって奴《やつ》を、よ」

それは、悲しみ。

「おめえが歌い渡ってきた理由は、どれだけ重い？　おめえのブチ殺しの標的《ひょうてき》は、どれだけ軽い？　おめえと俺を繋《つな》げた雄叫《おたけ》びは、今日ほどに空っぽだったか？」

「……」

悲しみには、沈黙が返る。

「そこに込めてたものは……どこに置き忘れてきた？」

最後の言葉があってから数秒、
正負、激情に満ち満ちた静寂《せいじゃく》の時を経て、
唐突《とうとつ》に、ボン、とトーガが火《ひ》の粉《こ》となって弾《はじ》けた。

それが宙を舞い、また消える前に、佐藤と田中の後ろ、

「!?」「——あっ」

悠二《ゆうじ》のすぐ眼前に、

「う、わ！」

マージョリーが傲然《ごうぜん》と立っていた。

「あっ？」

「姐《あね》さん――？」

驚き振り向いた子分二人には答えず、マージョリーは無表情に、じっと悠二を見下ろす。出現の瞬間、その前に割って入り庇《かば》っていたシャナも無視して、ポツリと言う。

「……〝徒《ともがら》〟じゃ、ないのね」

「そうよ」

シャナの声が、耳に入っているのかいないのか。

また、ポツリと。

「……〝銀〟じゃ、ないのね」

「それは、これから調査すべきことだ」

アラストールの声にも、反応を見せない。

ただ、外見はあくまで静穏《せいおん》に、

「……」

しかし瞳《ひとみ》の内に、未だ憎しみと怒りの力を滾《たぎ》らせて、言う。

「……じゃあ、あんたは一体、なんなのよ？」

悠二《ゆうじ》は凄《すさ》まじい、目も眩《くら》むような殺気《さっき》を眼前に当てられつつも、

「僕が」

言いかけ、一旦《いったん》唾《つば》を飲み、また言い直す。

「僕自身が、それを一番知りたい」

「……そう」

マージョリーは一言だけ、ようやく答え、自分の今在《あ》る姿と立場に、思いを巡らす。

（自分から台無《だいな》しに……？　ええ、その通りよ！）

ギリギリと、きつく結んだ唇の内で歯を食いしばる。

（分かっててやってた……？　ええ、ええ、その通りよ!!）

グッと、肌《はだ》の色を失うほどに両の手を強く握り込む。

（その通り！　その通りその通り！　だけど、だから——どーしたってのよッ!?）

シャナもヴィルヘルミナも反応できなかった。

まさに神速《しんそく》、
振り下ろされた指先から撃《う》たれた炎弾《えんだん》が、
ガンッ！

と、、、
と手がかりの爪先《つまさき》、数ミリの地面に、群青《ぐんじょう》色の火柱《ひばしら》を上げていた。

叫ぶ間もなく、悠二《ゆうじ》は爆風《ばくふう》で転がされ、佐藤《さとう》と田中《たなか》が驚愕《きようがく》に固まる。

「――ッ、ハア――ッ」

荒々しく息を吐くと、シャナが蒼白《そうはく》な顔で突きつけている大太刀《おおだち》の切っ先、ヴィルヘルミナが震える手で右腕に絡めたリボン、双方を乱暴に跳ね除《の》けて、校舎の方へと歩き去った。

殺さずに、歩き去った。

クラクラする頭を押さえる悠二には、もう目もくれず、

今の、怒りと憎しみに歪《ゆが》んだ顔を、誰にも見せないように、

フレイムヘイズ『弔詞《ちようし》の詠《よ》み手《て》』マージョリー・ドーは歩き去った。

その相棒《あいぼう》は、なにも言わなかった。

シエンディケンの稜線《りようせん》を、登る。

緩い勾配《こうばい》を眼下に、

それは、標的《ひようてき》を目指す。

しばらくして、フィレスがうっすらと、刃《やいば》のような切れ長の目を開けた。

二度と目覚めないのでは、と危惧《きぐ》していたヴィルヘルミナは安堵《あんど》の溜息《ためいき》をついて、優しく声をかける。

「フィレス」

「……」

答えはない。乱れた前髪の間から、ゆっくりと視線だけを動かして、リボンでぐるぐる巻きにされて倒れている自分の体を見下ろしてから、やっと旧知《きゅうち》の友を見返す。

その視線を受け止めて、また優しく、しかし苦しげに、ヴィルヘルミナは口を開く。

「どうか、今から私の言うことを、私があなたを止めた理由を、聞いてほしいのであります……もう力の残っていない貴女《あなた》の、そしてヨーハンのために」

そして、苦しさに辛《つら》さを加えて、彼女は語り始めた。

彼女が〝壊刃《かいじん》〟サブラクとの戦いで見たことを、細大漏《さいだいも》らさず。

フィレスが瀕死《ひんし》のヨーハンを救う緊急《きんきゅう》手段として『零時迷子《れいじまいご》』に封じた際、まさに転移《てんい》せんとしていた瞬間に、サブラクが謎《なぞ》の自在式《じざいしき》を打ち込んだこと――その自在式の効果だろう、『零時迷子《れいじまいご》』におけるヨーハンを再構成する部位《ぶい》が劇的に変異《へんい》したこと――異常をきたした状態のまま、『零時迷子《れいじまいご》』が坂井《さかい》悠二の内に転移したこと――以上の結果として、〝ミステス〟となった少年の炎《ほのお》が、在り得べからざる銀色となっていたこと。

自分の知り得る限りの全てを、語った。

話が終わっても、フィレスには反応らしい反応もなかった。

聞いたことに衝撃《しょうげき》を受けたからなのか、それを表《おもて》に出すだけの活力を消耗《しょうもう》し尽したからなのか、起き上がる気力自体《じたい》をなくしてしまったからなのか……

「せめて、もう少し調査を行い、この自在式《じざいしき》に関連する情報が集まってから、ヨーハンの救出、あるいは再生に当たるべきであります」

（それは、僕に死ねって言ってることなんじゃ……）

と不満不審《ふしん》を抱く悠二《ゆうじ》を他所《よそ》に、ヴィルヘルミナは真摯《しんし》に求める。

「どうか、もう少しだけ、時間が欲しいのであります。今、迂闊《うかつ》に『零時迷子《れいじまいご》』を開けてしまえば、誰にとっても取り返しの付かないことになるのであります」

その彼女の瞳《ひとみ》に、手甲《てっこう》の嵌《は》められた手が映る。

「……」

巻かれたリボンの間から、フィレスの手が力なく持ち上げられていた。

「……ほどいて、ヴィルヘルミナ」

その、面罵《めんば》でも反発でもない言葉に、

「フィレス」

ヴィルヘルミナは喜色《きしょく》を顕《あら》わにする。すぐさまリボンを解《ほど》くと、彼女の手に、リボンではなく自分の手を差し出した。

（ヴィルヘルミナ、ちょっと不用意すぎるんじゃ……）

自分の養育係たる女性が、自分以外に情深《なさけぶか》く接する様《さま》を、僅《わず》かな嫉妬《しっと》とともに見つめるシャナは、フィレスが少しでも攻撃の気配を表した瞬間、その腕を刎《は》ねられるよう身構える。その姿を明確に見せて、抑止《よくし》力とする。

しかし、今は幸い、フィレスにそんな気はないようだった。ヴィルヘルミナの手を取り、というよりも差し出した力ない手を取られて立ち上がる。そのふらつく、印象《いんしょう》以上にか細《ほそ》い姿の中から、それでも強烈な切望《せつぼう》の視線で『零時迷子《れいじまいご》』の〝ミステス〟を刺す。

もはや強大な〝王〟としての力感は失せて、しかし目にのみ炯々《けいけい》と光を宿すその様《さま》に、シャナはより強く警戒心《けいかいしん》を固め、悠二を自分の背後に入るよう、片手で促《うなが》した。

そうして初めて、フィレスはシャナの存在が目に入ったかのように、長い前髪の間に見える繊細《せんさい》な面差《おもざ》しを、炎髪灼眼《えんぱつしゃくがん》を煌《きらめ》かす少女へと向ける。向けて、半ば呆然《ぼうぜん》と呟《つぶや》くように、

「……貴女《あなた》は、なに？」

全く今さらなことを問いかけていた。

シャナが決意も新たに名乗る、

「私は、〝天壌《てんじょう》の劫火《ごうか》〟アラストールのフレイムヘイズ、『炎髪灼《えんぱつしゃく》――』」

「違う」

その声を短く遮《さえぎ》って、フィレスはシャナに答えを求める。

「貴女《あなた》は、この〝ミステス〟の、なんなの？」

「えっ」

完全に予想外な問いに、シャナは言葉に詰まった。

「なに、って……別に、私は、悠二《ゆうじ》の……だから……」

フレイムヘイズの少女は、大太刀《おおだち》の構えを崩さず、表情を僅《わず》かに揺らす。

あのベスト仮装《かそう》賞で、衆人環視《しゅうじんかんし》の中、大声で坂井《さかい》悠二へと宣言しようとしていたときの勢い、沸《わ》き立つような万能感《ばんのうかん》が、いつの間にかなくなっていた。

舞台の上でなら軽々と言えたことが、今は言えない。この状況下に話すことではない、と心が歯止めをかけているのか、あの高揚《こうよう》自体が、場の勢いを借りたものだったのか……分からないが、とにかく言えない。

そんな、フレイムヘイズの動揺《どうよう》を鋭い視線で見据《みす》えていたフィレスは、

「……そう」

しかし一言だけで追求を打ち切り、髪すらも重たげに、天を見上げた。

陽炎《かげろう》の壁面に時折《ときおり》過ぎるのは、在り得ない銀色――。

アンゴラの都を、掠《かす》める。

堆《うずたか》い旧《きゅう》市街を眼下に、
　それは、標的《ひょうてき》を目指す。

「本当に、大丈夫なのか？」

　佐藤《さとう》は戸惑《とまど》いを隠《かく》さず、悠二に尋《たず》ねた。

　悠二は頷《うなず》いて説明する。

「うん。この程度の範囲《はんい》を修復《しゅうふく》するだけなら、僕の存在にも影響《えいきょう》はないから。なんせ、フィレス……さんが、まだ近くにいるんだ。シャナやカルメルさんには、できるだけ力を温存《おんぞん》しておいてもらわないと」

　戦いによって破壊された封絶《ふうぜつ》内を、誰の〝存在の力〟で修復するか、という話である。

　通常の場合なら、フレイムヘイズ自身の力、あるいは周囲にあるトーチを消費して行うのだが、話し合いの結果、悠二のそれを使うことに決まった。当人にも異存《いぞん》はない、どころか、この決定を当然だと思っていた。

「僕はこの面子《めんつ》の中じゃ圧倒的に弱い、なにもできない存在だからね。でも、これくらいの役には立ちたい」

　謙遜《けんそん》に聞こえる悠二の言葉は、今持っている力への、無自覚な自負の裏返しでもあった。

佐藤《さとう》には、それが無性《むしよう》に眩《まぶ》しく、羨《うらや》ましく、悔《くや》しい。

「……弱いもんか」

「え?」

「い、いや」

力に憧《あこが》れる少年は、友人に対して抱いた複雑な気持ちを、慌《あわ》てて押し隠《かく》した。

その後ろでは、田中《たなか》が念《ねん》を押すように、シャナに詰め寄っている。

「ほ、本当に治るんだよな、みんな!?」

シャナは面食《めんく》らいつつも、彼のため真摯《しんし》に頷《うなず》いて見せた。

「うん。幸い悠二《ゆうじ》は、混乱の中でも封絶《ふうぜつ》を解かなかったからっ、わ!?」

びっくりして、思わず叫ぶ。

不意討《ふいう》ちのように、田中は彼女の手をがっしりと、両掌《てのひら》で包んでいた。

「ありがとう……! ありがとう……!!」

拝《おが》むように、その包んだ掌へと屈《かが》み、ひたすらに感謝の言葉を繰り返す。

当惑《とうわく》しつつも、シャナはその手を振り払わなかった。

「フ、フレイムヘイズとして、当然のことをしてるまでよ」

ようやく田中に手を離してもらったシャナは、ヴィルヘルミナの許《もと》へと向かう。

彼女は校舎の陰で、フィレスをリボンで織り上げたシーツへと寝かしつけていた。シャナがやって来たことに気付いて立ち上がり、使命と私情《しじょう》、双方《そうほう》を込めて深々と頭を垂れる。

「どうか……〝彩飄《さいひょう》〟フィレスの討滅《とうめつ》を、いま少し待って頂きたいのであります」

「助命嘆願《じょめいたんがん》」

シャナは頷《うなず》く。

「うん」

自分にフレイムヘイズたる心得《こころえ》の全てを教えてくれた彼女らの言葉とも思えなかったが、友を思う気持ちも痛いほどに分かる。元より嘆願の内容にも異存《いぞん》はなかった。

「私も今、彼女を討滅すべきじゃないと思う。『零時迷子《れいじまいご》』のことを訊《き》きたいし……この力の払底具合《ふっていぐあい》も、『永遠の恋人』と別れてから人間を食べてなかったからなんでしょ？」

「大した志操《しそう》の固さよな」

アラストールも暗《あん》に同意する。

元々、『約束の二人《エンゲージ・リンク》』として放浪《ほうろう》していた頃から、〝彩飄《さいひょう》〟フィレスは人間を喰わない、喰わないと誓《ちか》った異例《いれい》の〝徒《ともがら》〟として知られていた。彼女は『永遠の恋人』ヨーハン――毎夜零《れい》時《じ》にその日消費した〝存在の力〟を回復する『零時迷子《れいじまいご》』の〝ミステス〟――から〝存在の力〟を授受《じゅじゅ》されることで生きていたのである。両者して持つ並々ならぬ戦闘《せんとう》力と合わせ、彼女らがフレイムヘイズから狙われず過ごしてゆくことのできた、これが大きな要因だった。

（ヴィルヘルミナから聞いたほどには、いい奴《やつ》じゃなさそうだけど）

シャナは、寝かしつけられた〝紅世《ぐぜ》の王〟の、憔悴《しょうすい》した細面《ほそおもて》を見下ろして思う。

フィレスは、ヨーハンを失跡《しっせき》して以降、彼を見つけるため、伝達性の探索《たんさく》および自身をその場に運ぶ自在法《じざいほう》『風《かぜ》の転輪《てんりん》』を無数、世界中にばら撒《ま》き、自らは顕現《けんげん》の規模を抑え、〝徒《ともがら》〟としての活動を停止していたのだろう。『零時迷子《れいじまいご》』の〝ミステス〟という力の供給源《げん》を失ってなお人を喰らわず、ただ『風《かぜ》の転輪《てんりん》』による世界への走査《そうさ》を延々《えんえん》続けていた……でなければ、世に名高き強大なる〝紅世《ぐぜ》の王〟が、今日のように短時間で力を使い果たし、容易《たやす》く敗れるはずもなかった。もっとも、出現した先にフレイムヘイズのいたこと自体が、誤算《ごさん》ではあったのだろうが(我に返った彼女は、ヴィルヘルミナとの再会に大いに驚いていた)。

ともかく、とシャナは考える。

(多少の危険があっても、『零時迷子《れいじまいご》』という宝具《ほうぐ》の核心に迫るためには、まだ色々と協力してもらわないといけない……悠二《ゆうじ》のためにも、何者かの企《たくら》みを阻止《し》するためにも)

単純な危険度から考えれば討滅《とうめつ》も当然、その選択肢に入ってくる。とはいえ、未だ謎《なぞ》ばかり湧《わ》き出す『零時迷子《れいじまいご》』という宝具の、彼女は製作者の一人である。その詳細な機能始め、多くの情報を得るためには、軽々な行動を取るべきではない。

そう冷静に事態を捉《とら》える炎髪灼眼《えんぱつしゃくがん》の少女だったが、ヴィルヘルミナの求めた、

「あと一つ、お願いがあるのであります」

「えっ?」

「フィレスに、せめて立って歩く程度……最低限の〝存在の力〟を、坂井悠二から分け与えて頂きたいのであります」

「悠二、から……？」

この要望には、さすがに心の平静を保てなかった。

〝彩飄《さいひょう》〟フィレスと『零時迷子《れいじまいご》』の〝ミステス〟を合わせて『約束の二人《エンゲージ・リンク》』と称す——そんな気分の悪い連想をしたから、というだけではない。悠二の〝存在の力〟を分けるという実際の行為について、なにか嫌な感じを胸の奥に抱いたからである。

「彼女を衰弱《すいじゃく》させたままにしておいては、まともな反応を得られず、また彼女の精神を無駄《むだ》に追い詰めて、双方の関係を悪化させるだけなのであります」

「寛恕要請《かんじょようせい》」

ティアマトーからも言われて、シャナはまた考える。

たしかに、フィレスを当面、自分らに帯同《たいどう》させて事情を聴取《ちょうしゅ》し、なおかつ人間を喰わせないために『永遠の恋人』ヨーハンとあった頃《ころ》同様、坂井《さかい》悠二から〝存在の力〟の摂取《せっしゅ》を受ける、という措置《そち》は、事の収束《しゅうそく》を図るため必要であるように思われた。

しかし、この行為は言うまでもなく、大きな危険を伴っている。傍目《はため》にもヨーハンへの限りない執着《しゅうちゃく》を感じさせるフィレスに、悠二との〝存在の力〟を介《かい》した遣《や》り取りを行わせるのである。これはほとんど、餓狼《がろう》の前に肉を放るに等しい行為と言えた。

「もちろん、私とともに、その摂取《せっしゅ》の場を監視《かんし》されるべきでありましょう。フィレスからは、この際、刃《やいば》を突きつけられていても問題ない、もし怪しい動きをすれば斬《き》ってくれて構わない、と了解《りょうかい》を取り付けてあるのであります」

とヴィルヘルミナは請合《うけあ》ったが、シャナとしては、そういう理屈《りくつ》や危険以外のところ、

(やだな)

感情として、そう思わずにはいられなかった。それでも、感情はあくまで感情である。理屈《りくつ》として正しいのであれば、フレイムヘイズとしては頷《うなず》かざるを得ない。

「……悠二《ゆうじ》？」

せめてもの抵抗として、悠二に意見を求めた。

すぐ傍《そば》で話を、佐藤《さとう》や田中《たなか》と一緒に聞いていた悠二は、フィレスの齎《もたら》す可能性がある危険への覚悟《かくご》と、シャナにその監視をしてもらいたいという期待を視線に込め、頷いた。

結局、やはり、感情では事態を動かせない。

シャナは渋々《しぶしぶ》、同意するしかなかった。

時刻は今夜の零時《れいじ》前、場所は佐藤家の庭、ということに決まった。

アナトリアの高原に、至る。

地を区切る谷を眼下に、
それは、標的《ひょうてき》を目指す。

マージョリー・ドーは、校舎の屋上から封絶《ふうぜつ》内の景色を眺《なが》めていた。

「……ふう」

前のめりに金網《かなあみ》へともたれかかって、溜息《ためいき》を吐《つ》く。

きしむ金網の向こうに広がっているのは、激闘《げきとう》の傷痕《きずあと》。

各所で未だくすぶり続ける模擬《もぎ》店、グラウンドに開いた大きな爆発の破孔《はこう》、薙《な》ぎ倒され焼け焦《こ》げた人々、その破片……数百年の戦歴《せんれき》を重ねた身でも、やはり人の多い場所における戦闘《せんとう》後の光景は、見ていて、辛《つら》い。

（――「全部、分かってて、やったんでしょう」――）

子分《こぶん》の賢《さか》しらな言葉が、

（――「あの爆発の中に……中に、オガちゃん、いたんですよ……」――）

苦しげな涙声《なみだごえ》が、脳裏《のうり》から離れない。思わず、

「ちっ」

と密《ひそ》かに舌打《したう》ちをしていた。

それを逃げ口上《こうじょう》に、全てを無茶苦茶《むちゃくちゃ》に掻《か》き回した。

逆上《ぎゃくじょう》していた。

我慢できなかった。

そう言い訳して、感情を出鱈目《でたらめ》に吐き散らかした。

(見栄《みえ》も虚飾《きょしょく》も吹っ飛ばすのなら……それくらい自分を曝《さら》け出すなら……馬鹿みたいに暴れるんじゃなくて、突き止めるため必死になるべきだったのに)

金網《かなあみ》に突《つ》っ伏《ぷ》すように、額《ひたい》を付ける。

自己嫌悪《けんお》の重さで、顔が上げられない。

広がる惨状《さんじょう》……この中には、緒方真竹《おがたまたけ》も吉田一美《よしだかずみ》もいたはずなのである。田中《たなか》に言われて初めて気付いたほどに、理性がすっ飛んでいた。修復《しゅうふく》可能な彼女らだけではない、その範疇《はんちゅう》から外れた子分《こぶん》たちのことすら、頭の中になかった。しかも、その田中には最悪の光景を……

(ひどい、か)

受けた仕打ちに対する、子分からの最大限の抗議が、また頭を重くする。

そんな彼女に、右脇《わき》にぶら下げた本型の神器《じんぎ》〝グリモア〟から、マルコシアスが言う。

「どーでぇ、我が憂愁《ゆうしゅう》の淑女《しゅくじょ》、マージョリー・ドー」

今度は叱《しか》るでも糺《ただ》すでもない、ただ楽になるよう吐き捨てる言葉を求める、という相棒《あいぼう》の思い遣《や》りが染みた。表《おもて》は軽く奥は重く、一言だけ甘える。

「酒が欲しいわ」

「後で飲むがいいさ、じっくりとよ、ヒヒ」

「そーね」

と、そこにヴィルヘルミナが、ふわりと宙から舞い降りた。傍《かたわ》らに、担架《たんか》ともハンモックとも見える白いリボンの中に寝かされたフィレスも伴っている。

「……なんで、あんたたちまでここに？」

答える前に、ヘッドドレスをつけた頭が、深々と下がった。

「止まってくれて、感謝しているのであります」

ふん、とマージョリーは自嘲《じちょう》して、

「感謝されるようなこと、なーんにもしてないわよ。で？」

質問への答えを再び求める。

さらに頭を下げてから、ヴィルヘルミナは口を開いた。

「諸作業の兼ね合いからの処置であります。『炎髪灼眼《えんぱつしやくがん》の討《う》ち手《て》』は、坂井悠二《さかいゆうじ》の近くで護衛《ごえい》に当たり、私はリボンで彼から力の供給を受けて、修復の作業を行う……フィレスを一旦《いったん》、彼から引き離すことと――」

中途《ちゅうと》で言葉を切って、傍らに寝かせたフィレスに、視線を落とす。

両肩の装飾品《そうしょく》は肩章《けんしょう》ほどに縮められているため、つなぎを纏《まと》ったその痩身《そうしん》は、なお細く見えた。長い前髪の間に覗《のぞ》く細面《ほそおもて》には、強大な〝王〟たる貫禄力感《かんろくりきかん》は欠片《かけら》も見えない。

その弱々しい口元が、ただ緩むように小さく声を紡《つむ》ぐ。

「……『弔詞《ちょうし》の詠《よ》み手《て》』マージョリー・ドー……」

「?」

意外《いがい》といえば意外な、フィレスからの呼びかけに、マージョリーは少し驚いた。

「世に……名高き、自在師《じざいし》である貴女《あなた》にも……ヨーハンに……『零時迷子《れいじまいご》』に……なにが起きているのか、分からないのか……?」

どうやら、二人がわざわざ屋上へと場所を移したのは、彼女に質問させるためでもあったらしい。重度の消耗《しょうもう》を押しての、この行為に、

(やれやれ、大した執念《しゅうねん》だわ)

マージョリーは半《なか》ば呆《あき》れて、それでも執念への敬意《けいい》から答える。

「ご期待に添えなくて悪いけど……」

生憎《あいにく》と、明快な回答とは言えない、どころか正反対なものではあったが。

「私、細々《こまごま》した自在式の見立てとかは苦手《にがて》なのよ」

「おめーは自在法《ほう》すら即興《そっきょう》、ろくに式の構築《こうちく》も考えず発現までを一気にやっちまう、最高にタチの悪《わ》りー天才だからなあ、ヒヒブッ!」

「お褒《ほ》め頂き恐悦至極《きょうえつしごく》」

マージョリーは〝グリモア〟を叩《たた》いて相棒《あいぼう》を黙らせた。

とはいえ実際、マルコシアスの言う通りで、彼女は自在法を組み上げる際、ほとんど式の構築を意識しない、天才肌《はだ》の自在師だった。式は即興で組み上げ、流し込む〝存在の力〟も目分量《めぶんりょう》、発現までの式の維持まで軽々と行っている。全ての工程をフィーリングで、しかも高度なレベルで行えるのだから、論理《ろんり》的な式の研究分析《ぶんせき》などに彼女が目を向けないのは、ある意味当然のことと言えた。

さらには、構築に手間のかかる便利な自在式は神器《じんぎ》〝グリモア〟に記録し、必要なとき取り出して使う、という方式を取ってもいるため、なおさら面倒な式に興味などそそられたりはしない。天才であるがゆえに起きる、これは『経過の欠落《けつらく》』という現象《げんしょう》だった。

フィレスはその憔悴《しょうすい》しきった顔に、落胆《らくたん》の翳《かげ》りを濃くする。

「……そう、か」

「自在式の効力がどーとか仕組みの研究がこーとか面倒くさいことは、〝螺旋《らせん》の風琴《ふうきん》〟か〝探耽求究《たんきゅうきゅう》〟辺りにでも訊《き》いて頂戴《ちょうだい》――」

（あっ）

言って、マージョリーは唐突《とうとつ》に思い出していた。

（そういえば、あいつが言ってた……）

彼女がこの街を訪う原因となった一人の〝徒《ともがら》〟が、去り際に残した言葉を。

(――「あれは、来るべき時節《じせつ》が来れば必ず会える、そういうものだ」――)

それが今の状況なのか。

それとも、あの鎧姿《よろいすがた》の〝徒《ともがら》〟が、この銀色の炎《ほのお》に関わる形で出現するのか。

どちらにせよ、数百年の流離《さすら》いの末、遂《つい》に手がかりの端《はし》に辿《たど》り着いたわけである。

(あとは、ここで起きることに喰らいついていけば、いい――!)

マージョリーは、胸の奥に火が点《とも》ったように感じた。逸《はや》り猛《たけ》る心を抑え、獰猛《どうもう》な笑みに変える……と、その笑みを隠《かく》す伊達眼鏡《だてめがね》が、下の校庭に出てきた炎髪灼眼《えんぱつしやくがん》の輝きを映す。

「始めるみたいよ」

「了解《りようかい》であります」

ヴィルヘルミナが答え、どこからかリボンを一条《いちじよう》、ハラリと伸ばした。

もう一度、マージョリーが下を見やれば、やはり坂井悠二《さかいゆうじ》や佐藤啓作《さとうけいさく》、田中栄太《たなかえいた》らは校庭に出てこない。

(まあ、当然か……)

自分の所業《しよぎよう》ながら、そう思う。

校庭には、自分にさえ正視《せいし》の難《かた》い、惨状《さんじよう》と言うも生ぬるい光景が広がっている。そこで日常を過ごしてきた少年らには、なおさら辛《つら》いだろう。ふと、気付く。

(いや、あいつらだけじゃ、ないか……)

今、眼下に立っている『炎髪灼眼の討ち手《えんぱつしゃくがんのうちて》』も、少年らと同じく日々をここで過ごしていたことに。それでも毅然確固《きぜんかっこ》と、少女が立っていることに。その、渾身《こんしん》フレイムヘイズたる者の姿に、マージョリーは嫉妬《しっと》にも似た感嘆《かんたん》を覚えていた。

やがて、その少女・シャナからの手を振る合図を見て取ったヴィルヘルミナが、リボンを下へと長く伸ばした。ホースのような、あるいは導火線《どうかせん》のようなそれは、すぐシャナの手許《てもと》に届き、玄関ロビーの中へと引っ張りこまれてゆく。

この一端《いったん》を坂井悠二が握って〝存在の力〟を供給し、もう一端を持つヴィルヘルミナがその力を使って封絶《ふうぜつ》内を修復《しゅうふく》する、という手筈《てはず》らしい。

「大した手間《てま》ねえ」

金網《かなあみ》にもたれて言ったマージョリーは、少し黙って、

「……ふん」

不意に勢い良く身を起こすと、驚くヴィルヘルミナからリボンを、ピッと取り上げた。

「私がやるわ」

「マージョリー・ドー？」

「なんとなくよ、なんとなく」

「ヒッヒッヒ、なーんとなく罪滅《つみほろ》ぼしってかブッ！」

右脇《わき》の〝グリモア〟を叩《たた》いて、お見通しの相棒《あいぼう》を黙らせると、

「お黙りバカマルコ。たまたま自分で責任《ケツ》持ちたくなった、それだけよ」

マージョリーはリボン越しに繋《つな》がる〝ミステス〟の少年に呼びかけた。

「さて……始めるわよ。準備はいい、ユージ？」

《えっ、マージョリーさん？》

意外《いがい》な相手からの声に、悠二《ゆうじ》が僅《わず》かな、しかし明らかな怯《おび》えを伝えてくる。

久々に感じる他者からのそれを、マージョリーはやけに寒々しく感じた。感じて、しかし声《こわ》色《いろ》だけは大いに凄《すご》んで聞かせる。

「なんか文句あるわけ？」

《い、いえ、でも……》

「でも？」

《良かったな、って……はは》

「……」

友人たちに笑いかけているらしいことが、声の調子で分かった。

（ふん、チビジャリも案外《あんがい》、男を見る目あるのかしら）

クスリと笑うこと一瞬、顔を引き締めて作業にかかる。

軽く一飛《ひとっと》び、金網《かなあみ》の上枠《うわわく》に飛び乗り、無残《むざん》な情景を視覚だけではなく、外界との齟齬《そご》という感覚として把握《はあく》する。どれほどの力が修復《しゅうふく》に必要であるか、即座《そくざ》に測り終わると、リボンを左手に持ち替え、右の人差し指を真上へと振り上げる。

（ごめんね、マタケ、カズミ……今度、なにか埋め合わせするわ）

心中密《しんちゅうひそ》かに思い、しかし表情は厳《きび》しく、リボンの先へと声を飛ばす。

「ユージ、うっかり気を緩めて、慣れない封絶《ふうぜつ》を解いたりするんじゃないわよ。もしそうなったら……全てが終わりなんだから」

《わ、分かった。頑張《がんば》るよ》

マージョリーは彼の、今一つ頼りない答えを受け、改めて戦慄《せんりつ》する。

今在る封絶《ふうぜつ》が、こんな不安定な精神の元、張られていたという事実に。

その不安定な少年を標的《ひょうてき》に、自分が狂騒《きょうそう》していたという状況の危うさに。

（いけない、いけない、いけない）

そう思うのは、

（こんなことじゃ、いざ本物のヤツに出会ったときが思いやられる）

次なる戦いへの備えとしてである。

「いくわよ」

静かな宣言とともに、静かな修復が始まる。

《──っ》

リボン伝いに悠二から流れてくる〝存在の力〟を受け取り、封絶《ふうぜつ》の全域《ぜんいき》へと撒《ま》き散らしてゆく。この力を触媒《しょくばい》に、断絶《だんぜつ》した外部の形に、孤立した内側の形を接いで行く。その抽象《ちゅうしょう》的な作業は、すぐ具体的な形となって現れる。

燃え燻《くすぶ》る模擬《もぎ》店は明るいペンキの色を取り戻し、グラウンドに開いた破孔《はこう》には土が集まり、焼き砕かれた人々の傷は癒《いや》されてゆく。

ただ、全てが元通りというわけには行かなかった。

悠二《ゆうじ》が封絶《ふうぜつ》を張ったのはフィレスの襲来《しゅうらい》後、彼女の出現による爆風《ばくふう》で人々が吹き飛ばされてからであり、ゆえにその際の混乱は、従来のままに残されている。パニックとまでは行かないものの、ベスト仮装《かそう》賞の見物に押し寄せ詰め掛けた群集《ぐんしゅう》の内、大多数が突然の爆風に巻かれて折り重なり、また将棋倒《しょうぎだお》しになった形で修復《しゅうふく》されていた。

このまま封絶《ふうぜつ》を解けば、大勢の負傷者が出るだろうことは確実だった。

《――ふう》

早くも安堵《あんど》した暢気《のんき》な少年を、マージョリーはすかさずどやしつける。

「気を緩めるのはまだ早い！　構成の維持を続けて！」

《は、はいっ！》

その一方で、リボン伝いに声を双方《そう》向に通わせる自在法《じざいほう》を組み上げて、自分の子分《こぶん》たちにも指示を下す。

「ケーサク、エータ！　校庭で怪我《けが》をしそうになってる人込《ひとご》みをバラしなさい！」

《──っは、はい！》

《分かりました、姐《あね》さん！》

弾《はじ》けるような嬉《うれ》しさに涙の潤《うる》みを混ぜた大声が返ってくる。

それがどこか、心地よかった。なにに向けたのか不分明《ふぶんめい》な笑いを浮かべて、さらに傍《かたわ》らの同業者にも、同じ表情で言う。

「やるわよね？」

ヴィルヘルミナはようやく緊張《きんちょう》を解いて、パートナーとともに答える。

「無論《むろん》であります」

「総員手当《そういんてあて》」

校庭には、早くも炎髪灼眼《えんぱくしゃくがん》の少女と張り切る少年二人が飛び出して、折り重なる人々からなる山を崩しにかかっていた。

消耗《しょうもう》したフィレスと、封絶《ふうぜつ》を張ることに集中させた悠二を除いた面々《めんめん》が、その整理を終える頃──封絶《ふうぜつ》を解いて動き出した世界は、すっかり日が暮れていた。

トゥズの塩湖《えんこ》に、差し掛かる。

白い輝きを眼下に、

それは、標的《ひょうてき》を目指す。

夜の舞台に浮かぶスポットライトの中へと、

「えーっ、まことに申し訳ございませんでした――」

司会者の少女が、乱れたセミロングの髪を手で撫《な》で付けながら躍《おど》り出た。

「突風のため一時中断《ちゅうだん》されていたベスト仮装《かそう》賞を――」

観衆が、やや小さくなった、それでも十分に大きな声で応える。

「再開っ、いたしっ、まーす!!」

オーバーアクションで、再び舞台背部《はいぶ》の立て板に手を差し出す。

再び、ノミネートされた十人の少年少女が、今度は五位から順に、男女ペアで入ってくる。

最後は無論《むろん》一位のペアで、少女はシャナである。

その赤いワンピースは、フィレスとの戦闘《せんとう》で、そこここに綻《ほころ》びを見せていたが、周囲の面子《めんつ》も突風騒《さわ》ぎでそれなりに汚れており、特に目立っているというわけでもない。

これら、初日を締めくくる主役たちの登場に、不期《ふき》災害の後とは思えない大声が沸《わ》く。

「え――っと」

司会者の少女が手にした進行表を見て、また舞台の脇を見た。

「……」

それは、答えようのない問いだった。

命の恩人《おんじん》であり、数年間をともに過ごした友たるフィレス。

三人で、赤ん坊の頃から愛し育てた『炎髪灼眼《えんぱつしやくがん》の討ち手《うて》』。

そのいずれもが、それぞれの『零時迷子《れいじまいご》』の〝ミステス〟たる男を必要としていた。

ヴィルヘルミナは、俯《うつむ》けがちな面《おもて》を僅《わず》かに上げて、遠くを見やる。

舞台の袖《そで》では、降りてきた少年少女を出迎えるクラスメイトらが詰め掛けて、これを揉《も》みくちゃにしていた。順位を大して気にかける様子《ようす》もない。ただただ、楽しいイベントへの参加者として、その代表者たる彼を彼女を、声で態度で迎えている。

その様《さま》を見て、またヴィルヘルミナは呟く。

「壊したく、ない」

「……」

中でも、最高に目立ったシャナは、一年二組の面々《めんめん》により、軽く小さな体を胴上《どうあ》げされて、目を白黒させていた。珍しくスカートの裾《すそ》まで気にしている仕草《しぐさ》が可愛《かわい》らしい。坂井悠二《さかいゆうじ》と吉田一美《よしだかずみ》もその胴上げに混じって、一緒に大笑いしていた。

どんな利害も理屈《りくつ》も分かっていて、それでもヴィルヘルミナは呟く。

「誰も、なにも」

「……砕心一途《さいしんいちず》」

楽しさを、そのまま重く両肩に感じ、ただ二人は祭りの様《さま》を見つめ続けていた。

エルジエスの火山を、横切る。
荒削《あらけず》りな尾根を眼下に、
それは、標的《ひょうてき》を目指す。

「ちょっと、佐藤《さとう》？　私たちも、シャナちゃんたちと――」

「いいから」

グラウンドに人が集まったため、比較的人通《ひとどお》りの少なくなった裏庭《うらにわ》を、佐藤が緒方《おがた》の手を引っ張って歩いていた。

「いきなりなんなのよ」

「なにも言わずに来てくれ」

「はあ？」

緒方には、全くわけが分からない。佐藤が自分をどうこうする、とまでは思わなかったが、強引《ごういん》に人通りの少ない方に引っ張り込まれていくのは、少女として普通に怖かった。

「ねえ、佐藤、せめてなんの用事かだけでも言ってよ」

「……なんのって、田中《たなか》だよ」

「え？」

ますます分からない。たしかにさっきから姿を見なくなったが、それがどうして佐藤に引っ張られることになっているのか。

（こ、告白とか……まさかね）

と自分で否定してみる。もちろん彼女自身、既に田中に告白している。それ以来、人生の師と仰ぐマージョリーの指南《しなん》を受けて、彼に延々《えんえん》アプローチを繰り返してもいる。告白返しはむしろ望むところではあったが、特段の理由もなく、いきなり関係を進展させるほど、彼が積極的であるとは思えない。だいたい今までも、その兆候《ちょうこう》として捉《とら》えるべき行為……彼の側からのお返しも、片手で数えるほどしかなかった。

（あるといったら、これくらい、だし）

引かれていない方の手で胸を押さえて、服の内側に、彼から送られたペンダントの存在を感じる。

どうせ田中は、マージョリーに惚《ほ》れこんでいる自分が、他の女性に目を向けるのは不純だと思い、アプローチにも答えずにいるのだろう、と緒方は睨《にら》んでいる（マージョリーによると、それは恋愛感情《れんあい》ではなく、子供の抱く憧《あこが》れらしいが）。といって、それが嫌というわけでもない。その態度はむしろ好ましい真っ直ぐさと思っている。

（だいたい、マージョリーさんが相手じゃ……）

無理して格《かく》の違う相手と競うよりは、その彼女からの助言を仰ぎ、高めてもらって、じっくりと田中《たなか》との距離を縮めよう、そう考えていた。

彼女の抱く（ほぼ正確と言っていい）田中像では、自分が呼び出されるような状況を想像できなかった。

「ねえ、説明くらいしてくれても……」

「もう着いた」

「えっ？」

校舎《こうしゃ》裏庭の片隅《かたすみ》にある築山《つきやま》の陰。そこは、手入れの悪い庭木《にわき》が生い茂っているため、普段は素行《そこう》の悪い生徒による、学外への秘密の壁《かべ》越えコースとなっている。今日のように学校が開放されている日には、まず誰もやってこないだろう場所だった。

その築山の陰になる側の斜面に、田中が腰掛けている。

「あ……」

なぜか、今の彼の背中がとても小さく見えたことに緒方《おがた》は驚き、思わず声を出していた。

一方の田中も、

「っ！」

緒方《おがた》の声だけに驚いて、逃げるように立ち上がっていた。

それを佐藤《さとう》が、

「田中！」

と呼び止める。鋭くはあっても厳《きび》しくはない、まるで子供を叱る親のような、彼には珍しい声色《こわいろ》だった。

田中は、おっかなびっくり、という表現がぴったり来る様子《ようす》で、やって来た二人へと……実際には一人の少女へと、振り返る。

その姿を見た緒方は、驚き以上の不審《ふしん》を抱いた。こんなに弱々しい彼の表情を見たことは、中学からの付き合いの中でも、荒《すさ》んだ日々の中にあったときも、見たことがなかった。

「……オガちゃん、無事か？」

「な、なにが？」

唐突《とうとつ》で、間抜《まぬ》けとも思える質問に、緒方は戸惑《とまど》う。

どうも、今の彼がよく分からない。みんなでパレードを歩いたときも、バレーの公開試合に出たり応援されたりしたときも、佐藤と一緒にマージョリーを引っ張って模擬店《もぎてん》巡りをしたときも、教室で展示《てんじ》当番を二人でしたときも、たった今ベスト仮装《かそう》賞を見物していたときも、全くいつも通りだった。

あの突風騒動《そうどう》が、せいぜい見つけられる事件らしい事件と言えたが、これも授賞式が中断しただけで、誰も怪我《けが》などしていない。だというのに、

「誰よりも心配してんのに、会いに行く度胸《どきょう》がなかったんだとさ」

「心配？　なにを」

緒方《おがた》が訊《き》き出す前に、佐藤《さとう》は、

「あと、頼んだぜ」

言って、軽くその背中を押した。

「とっ、と……」

築山《つきやま》の頂上から押されたため、緒方は少し勢いがついて、田中《たなか》の前に立たされた。

「じゃあな」

からかうでもなく、そっけなく言い置いて、佐藤は立ち去る。

「ちょっと、佐——んわ!?」

後ろに声をかけようとした緒方は、不意に両側から腰をつかまれて飛び上がった。見れば、乱暴と言っていい手つきで、田中が腰から肩から、矢継ぎ早に手を這《は》わせている。

「た、田中——!?」

彼は物堅《ものがた》い印象《いんしょう》に違《たが》わず、こういう行為には無縁《むえん》である——そう思っていた緒方は完全に意表《いひょう》を突かれて、怯《おび》えから腰が砕けそうになった。

「や、止め……」

たまらず彼を振りほどこうとした緒方は、不意に目に入った彼の顔を見て絶句《ぜっく》した。

「良かった、オガちゃん、良かった……」

田中栄太《えいた》が、泣いていた。

大粒《おおつぶ》の涙をボロボロと零《こぼ》して、恥《はじ》も外聞《がいぶん》もない崩れようで。

「え？　え？　な、なに……？」

佐藤の言った心配とはどういうことなのか。バレーの公開試合でも突風《とっぷう》騒ぎでも、怪我をしたとも痛いとも、言った覚えは全くなかった。

「……田、中……？」

それでも、涙と鼻水《はなみず》で泣き崩れた田中の表情に、緒方は一人の少女として、胸を締め付けられていた。打算も下心《したごころ》もない、その心底からの思い遣《や》りの姿に。

「……」

理由が分からなくても、こう言ってあげるべきだと思った。

「……うん、大丈夫、なんともないよ、大丈夫」

「オガちゃん……良かった、本当に……」

決して見たくなかったものを見てしまった少年は、悪夢《あくむ》の世界から無事に帰ってきた少女の肩を、確かめるように強く強く抱いて、その胸に涙を落とし続ける。

悪夢《あくむ》の世界から無事に帰ってきた少女は、決して見たくなかったものを見てしまった少年の背中を、あやすように優しく、いつまでも叩《たた》いていた。

タフタルの山々を、駆ける。
殺風景《さっぷうけ》な峰筋《みねすじ》を眼下に、
それは、標的《ひょうてき》を目指す。

ようやく揉《も》みくちゃの歓待から脱け出した悠二《ゆうじ》とシャナ、吉田《よしだ》の三人は、教室へと着替えに戻ろうとしていた。

その道すがら、当面の平穏《へいおん》が戻ったことに安堵《あんど》した悠二は、思いのまま、日常の中にあるフレイムヘイズの少女へと、にっこり、笑いかけて言う。

「シャナ」

「なに」

「今さらだけど、優勝おめでとう」

「……ん」

シャナも、少し照れくさそうに微笑《ほほえ》んで返した。

「悠二《ゆうじ》も、吉田《よしだ》一美《かずみ》も、上から三番だった」

「僕らは……まあ、たまたまってやつさ」

はは、と悠二は笑いながら頭を掻《か》く。

「うん、シャナちゃんは当然、って感じだったよ」

悠二を挟んだ反対側から、吉田が少し前屈《まえかが》みに覗《のぞ》き込んでくる。

（……？）

シャナは先刻から、そのいつものやりとりに、少女との、不思議《ふしぎ》な近さを感じていた。

熱い敵愾心《てきがいしん》でも、切羽《せっぱ》詰まった焦りでもない。といって、ベスト仮装《かそう》賞の舞台上で発揮《はっき》された万能感《ばんのうかん》からの余裕《よゆう》でも、今まで抱いていた好感でもない。今のように悠二という少年を間に置いて、なおも接してくる少女への、それはなにもない距離の近さ。

（変なの）

シャナはこんな近さを、アラストールにもヴィルヘルミナにもシロにも、〝天目一個《てんもくいっこ》〟や他のフレイムヘイズ、〝徒《ともがら》〟、さらには千草《ちぐさ》や悠二にすら、感じたことがなかった。しかし、別のどこかで薄っすらと感じたことのあるこれは……ごくごく単純な、ただの近さ。

（でも、嫌じゃない）

その感覚を、余計《よけい》な何物も含まず、吉田へとお返しする。笑顔と、言葉で。

「そう、かな」

思わぬお返しを受けた吉田は、その姿にハッとなって、もう一度、強く頷《うなず》く。

「うん」

悠二を間に置かず、自然に笑い合う——その中で、シャナは気付いた。

（そうだ）

吉田は悠二が好きで、それは変えられないことも知っている。しかし、自分に悠二への気持ちが確固としてあるのなら、彼女を不安要素《ようそ》として認識する意味は、最早《もはや》ない。

そうして見れば、この少女は、敬愛《けいあい》する大切な『家族』でも、鎬《しのぎ》を削《けず》り共感を得る『敵』でも、使命を共に遂行《すいこう》する『同志』でもない、最もよく知り、最も近しい——

（ラミーは、本当は相容れない存在であるはずのアラストールのことを、そう……）

——『友達』だった。

これまでも佐藤《さとう》や田中《たなか》、池《いけ》や緒方《おがた》、クラスメイトらに薄っすらと抱いていた、なんでもない近さを、今、吉田一美にも……。

新たに気付いたこの事実に、シャナは、

（うん、これで——）

障害物《しょうがいぶつ》が一気に消えたような爽快感《そうかいかん》を得る。吉田がどう出ようと、自分がやるべきことは同じなのだから、もう彼女の一挙手一投足《いっきょしゅいっとうそく》に憂《うれ》える必要がない。今なら、わだかまりなく彼女に接することも、簡単にできる。ここからは、なにをするのも、自分の意思《いし》次第。

（これでもう、私は悠二《ゆうじ》に——）

彼女が完全な臨戦《りんせん》態勢に入った、その瞬間、

「あっ、そうだ」

悠二が声をかけた。

シャナは軽く返す。

「なに」

「さっきから聞きたかったんだけど」

「うん？」

「あのフィ……」

フィレス、と口にしかけて、慌《あわ》てて言い直す。

「えー、と、突風が起きる直前のインタビューでさ、なにか気合《い》入れて僕に言おうとしてただろ？　あれ、なんだったんだ？」

「！」

まさに、願ってもない質問だった。今すぐにでも、堂々と宣言を
「あれ、は」

しようとして、しかし、

「つま、り……」

悠二の顔を見上げたまま、声を切った。

「つまり？」

「……」

「……？」

訊《き》き返されて突然、

「あっ、シャナ!?」

シャナは全速で逃げ出した。

「どうしたんだよ!?」

「うるさいうるさいうるさい！　なんでもない!!」

声だけを置いて、振り向きもせず、脱兎《だっと》のごとく。

「なんでも、ありそうだけど……」

まさか、あの自信満々威風堂々《いふうどうどう》、衆人環視《しゅうじんかんし》の中の舞台上での言葉が、インタビュー本来の趣《しゅ》旨《し》とかけ離れた、自分への告白と宣言であったとは、思いもよらない悠二だった。その戸惑《とまど》いを、傍《かたわ》らでポカンとしている吉田《よしだ》に、訊《き》くでもなく訊く。

「なんなんだろうね」

しかし、返ってきた答えは、「さあ」でも「なんでしょうね」でもなかった。

「あの……坂井《さかい》君」

「ん、なに？」

ごく普通、なんでもない風《ふう》に答える悠二《ゆうじ》の様《さま》に一瞬、

（私の、勘違《かんちが》い、かな……）

と吉田《よしだ》は思い、それでもシャナの不可解《ふかかい》な言動に覚えた不審《ふしん》、一人の傷だらけの少年（実年《じつねん》齢《れい》は全く違うそうだが）と関わって以来、僅《わず》かに覚えるようになった、世界の違和感《いわかん》について。

「さっきの、突風についてなんですけど……」

「！」

「あのとき、ほんの少しだけ、『なにか違う』って感じたんです……もしかして？」

「……」

見当違《けんとうちが》いではないことを、悠二はその顔色《かおいろ》で吉田に示した。どこにあるのか分からない、しかし確かに今、自分を生かしている宝具《ほうぐ》を思い、胸に手を当てる。

（どう、言おう……僕のことを……どこから、どこまで……）

そうして、考えを整理してから、おもむろに口を開く。

「隠《かく》さない、って約束だったね」

「は、はい！」

吉田は嬉《うれ》しさから、勢い良く頷《うなず》いた。

悠二はその、少女が大きな覚悟《かくご》を持って訊《き》いた質問への答えを、

「結局、一日、報《しら》せるのが遅れたんだけど――」

自覚のないまま、命の懸《か》かっていた、今も懸かっている戦いの話を、平然《へいぜん》と語っていた。

中東に、入る。
小アジアを背に、
それは、標的《ひょうてき》を目指す。

人通りの多い廊下を猛然《もうぜん》と走るシャナの顔は、炎髪《えんぱつ》が顕現《けんげん》の部位《ぶい》を間違えたかのように真っ赤に染まっていた。

「どうした、シャナ」

赤いワンピースの胸元に隠《かく》された〝コキュートス〟から、アラストールが尋《たず》ねる。

(アラストールの意地悪《いじわる》！)

おそらくは今、シャナという少女の置かれた状況と条件について、この〝紅世《ぐぜ》〟の魔神《まじん》が、最も深く知る位置にある。そのことがさらに、恥ずかしさを助長《じょちょう》する。

シャナはこれまで、使命に生きること以外を知らず、必要とせず、どころか邪魔《じゃま》なものという観念《かんねん》すら持っていた。そう考えるよう、育てられた。

だから、悠二《ゆうじ》に対する気持ちが芽生《めば》えても無視し、いつしか大きくなっても押し殺し、恋敵《こいがたき》の行動一つ一つにうろたえ、フレイムヘイズたる自分を揺るがされて戸惑《とまど》い、自らが動けないことに苦しんだ。

しかし、遂《つい》に明確に抱き、他者に尋《たず》ねる勇気を持った疑問、

『フレイムヘイズは人を好きになって良いのか』

への、アラストールの回答、

『フレイムヘイズも恋をする、それを止めることは何事にも何人にもできない』

を聞かされた途端《とたん》、全てが解決したような気分になった。

(でも、違ったんだ——!!)

あの舞台の上のように、相手に反撃《はんげき》の余地を与えない場所であれば、自分の気持ちを一方的に、思う様《さま》、悠二へと叩《たた》きつけてやることができた。

(でも、悠二が、今みたいに、目の前にいたら……)

実際に向き合った今、最も大事なことに、初めて気が付いたのだった。

自分の宣言に、悠二がどう答えるかを、全く想定《そうてい》していなかったことに。

抱いた万能感《ばんのうかん》が強すぎて、相手のことにまで、頭が回らなかったのである。

自分が動けるのなら、なんの問題もない、という確信は、全くの錯覚《さっかく》だった。

悠二の受諾《じゅだく》という答えこそが、最も欲しいもの……しかし最も怖いものだった。

受諾の答えを得ることが、果たして自分にできたか、その自信は欠片《かけら》もなかった。

吉田《よしだ》一美《かずみ》の方ばかりを見ていて、肝心《かんじん》な悠二の方を、彼の気持ちを見ていなかった。

彼からの答えを簡単に得られる場所に立つことで、ようやくそのことへと思い至った。

高揚《こうよう》で我を忘れていたとはいえ、間が抜けているにも程《ほど》がある。

(でも、でも、それでも私は、悠二に……)

とまで考えてから、

「あっ!?」

シャナは急《きゅう》停止して、元来《もと》た道を慌《あわ》てて駆け戻り始めた。

アラストールが不審《ふしん》げに尋ねる。

「なんだ」

「〝彩飄《さいひょう》〟がいる間は、私が悠二を付きっ切りで守る、って決めてたのに!」

「……やれやれ」

魔神の苦笑《くしょう》も、シャナの耳には入らない。

悠二について思いを巡らせると、冷静でいられなくなる。

しかし、それを止めたいとは全く思わなくなっていた。

（本当に、なにを右往左往《うおうさおう》してるんだろう）

思って、また顔が赤くなる。

ネムルトの頂《いただき》を、蹴《け》る。
古き墳墓《ふんぼ》を眼下に、
それは、標的《ひょうてき》を目指す。

「そんなことが……」

吉田《よしだ》は、自分の気付かぬ間に起きていた悠二《ゆうじ》の危機に戦慄《せんりつ》した。蒼白《そうはく》な顔、その口元の震えを見られないよう、思わず手で押さえる。

しかし、当の悠二は恐怖を実感してなお軽く、

「うん」

人通りも多い廊下で平然《へいぜん》と、今も在る自身の危機を語っていた。

「シャナやカルメルさんのおかげで、なんとか、こうやって生きていられるよ」

言って、笑いさえする。

その姿に、吉田は勇敢《ゆうかん》さへの感動と凄味《すごみ》を——同時に、日常では在り得ない事態に鈍くなってゆく少年が、遠い存在になってしまったかのような錯覚《さっかく》を、得る。得たがために、離れたくなくなって、歩く足を心持ち寄せる。

「……いえ、本当に良かったです」

「うん、ありがとう」

近付いた分、引いて照れる姿だけは、いつもの坂井《さかい》悠二だった。

吉田は、ようやくの喜びと安堵《あんど》を覚えて、彼の身の危険、その現状について尋《たず》ねる。

「その、フィレスさんって方は、今どこに？」

「屋上出口《でぐち》の上に、カルメルさんが寝かせてるよ。とりあえず今夜、僕の『零時迷子《れいじまいご》』が発動する寸前《すんぜん》に〝存在の力〟を少しだけ渡して、当面の体力を最低限、回復させるんだってさ」

「大丈夫、なんですか？」

心配げに、胸へと手を当てる少女に、悠二は半《なか》ば自己暗示《あんじ》のように、笑って答える。

「もう自分じゃ起き上がれないほどに弱ってたから、彼女の方から変な真似《まね》はできないんじゃないかな。力の受け渡しも少しだけだし。フレイムヘイズが三人も見張ることになってるんだ。あんまり心配はしてないよ……、うん、たぶん」

不安からあっさり揺らいだ語尾《ごび》に、吉田の表情が、少し翳《かげ》った。

悠二は慌《あわ》てて、自分を鼓舞《こぶ》するためにも、努めて明るく笑ってみせる。

「だ、大丈夫だよ、うん——ん？」

「あっ？」

二人が見る先、さっき走り去ったシャナが、また大急ぎで戻ってきていた。

「な、なんだか怒ってる……？」

顔を真っ赤に、必死の形相《ぎょうそう》で走ってくるシャナを見て、思わず悠二《ゆうじ》は後ずさる。

「悠二——!!」

と、いきなり力の入った雄叫《おたけ》びをぶつけられて、悠二はとっさに逆《ぎゃく》方向へと走っていた。

その反応に、シャナは焦って怒って呼び止める。

「悠二！　なんで逃げるの!?」

「なんで追いかけて来るんだよ!?」

「追いかけてない！　待ちなさい、悠二！」

「坂井《さかい》君、シャナちゃん!?」

吉田も二人の後をたどたどしく、ジュリエットの格好《かっこう》で追いかけていく。


南東《なんとう》山脈に、乗る。

果てない凹凸《おうとつ》を眼下に、

それは、標的《ひょうてき》を目指す。


地平に昏《くら》い夕の色も消えた頃。

清秋祭《せいしゅうさい》ベスト仮装《かそう》賞における豪華《ごうか》特典《とくてん》の一つ、校舎《こうしゃ》屋上の特設パーティー会場占有権《せんゆうけん》を得た一年二組の面々《めんめん》は、一面茣蓙《ござ》の敷かれた屋上でくつろいでいた。同じく食べ放題券《ほうだいけん》を使って持ち込んだ食べ物を、それぞれのグループの真ん中に置いた小宴会《しょう》、といった風情《ふぜい》である。

「おー、でっけえかな、でっけえかな」「ばーか、絶景《ぜっけい》だっつの」「ぜっけえ？」「いい眺《なが》めってこと」「うーん、なんか気分いいぜ」「シャナちゃん様々《さまざま》だな」「ちゃんで様付けってなによ」

この、屋上をパーティー会場（茣蓙を敷き詰めただけだが）とする慣習《かんしゅう》は、元々《もともと》教師らの宴会場として始まった。運営委員に大半《たいはん》の権限《けんげん》を委《ゆだ》ねる清秋祭では、彼らの仕事は監督《かんとく》以外にはとんどなくなる。そこで、日頃《ひごろ》の慰労《いろう》を兼ねた宴席《えんせき》を設けるようになったのだという。

「はーい、二年三組です。ラズベリー・クレープ三つお待ち！」「あっ、ここでーす！」「なんだ、一人で三つかよ」「一度やってみたかったのよねー」「腹出るぞ、中《なか》む痛ッ!?」

ところが近年、教師の宴会というものが世情《せじょう》への聞こえから軽々にできなくなり、また清秋祭自体の規模も大きくなって仕事も増えたため、この廃止が決定した。それがどこをどう転がって今の形となったのか……詳しい議事録《ぎじろく》は残っていない。結果があるのみである。

「そっちのは、なにがメイン？」「フライドポテトとお好み焼き」「あー、ポテトいいな。少し分けてよ」「小皿《こざら》もらってくりゃ良かったな」「トン汁《じる》のお椀《わん》あげようか」

座った当初こそ、女生徒の幾人《いくにん》かがコンサート最前列への未練《みれん》を口にしていたが、それも一緒に騒いでいる内に自然消滅《しょうめつ》した。自分たちを取り囲む異世界の展望台の居心地《いごこち》が、予想外に良かったためである。眼下、金網《かなあみ》越しに清秋祭《せいしゅうさい》の全体が、喧騒《けんそう》と光を纏《まと》い、広がっている。

「ジュース、足りない人いる？」「ウーロン茶ほしー」「てかさ、池《いけ》君も座んなよ」「そーそ、もう今日は休んでいい、って言われたんでしょ？」「ほれ、飲め飲め」「親父《おやじ》かよー」

パレードの『クラス代表』ら七名は、この特等席中《ちゅう》の特等席、屋上出口《でぐち》の上を占拠《せんきょ》する権利を与えられる慣例《かんれい》である。建前《たてまえ》としては、囲いの柵《さく》もないので危険、ということになっていたが、少なくともこの特典《とくてん》が始まって以降、注意された者は一人もいない。

「オガちゃん、なんで今さら照れてんのよ？」「もっと田中《たなか》の近くに座んなってば」「ほら、席空《あ》けたよ」「よ、余計《よけい》なことすんなよ」「田中の意見はキャッカ」「ほら、ここ！」「ん……」

もちろん、『クラス代表』はそこにいなければならない、という決まりがあるわけではない。緒方《おがた》はすぐに自分から、田中は引き摺《ず》り下ろされて、池は最初から各所を回ってと、今日は三人が抜けていた。今年は、その特等席で騒ぐわけにはいかなかったからである。

「あのメイドさん、誰？」「アンテナ低いぞ、噂《うわさ》のカルメルさんだよ」「じゃ、寝てる人は？顔見えない」「よせって。カルメルさんの知り合い。気分悪くなったんだとさ」「へえー」

特等席には今、ヴィルヘルミナの作ったシーツによる寝床《ねどこ》がしつらえてある。横たわっているのは言うまでもない、力を使い果たした〝彩飄《さいひょう》〟フィレス。彼女の格好《かっこう》は、やや特異《とくい》な肩章《けんしょう》さえ気にしなければ、清秋祭に混じっていても、さほどの違和感《いわかん》はない。

「もう一人の、眼鏡《めがね》かけたすんげー美人は？」「オガちゃんとか……佐藤《さとう》田中もかな、知り合いだってさ。顔広《かおひろ》いねー」「なんでもさ、会社の社長さんらしいよ」「へー、マジ？」

屋上出口の上、横たわったフィレスの右側に、悠二《ゆうじ》を背後に置いて守るシャナ、その隣《となり》に吉田《よしだ》、対面の左側にヴィルヘルミナ……そして、やや離れた場所にマージョリーと佐藤、というポジションで、それぞれ座っている。

今、彼らは祭りを他所《よそ》に、重大な事項《じこう》に関する会議を開いていた。池と緒方は〝紅世《ぐぜ》〟のことを知らないので、ここに不在なのは丁度《ちょうど》いい。田中は、まだ受けたショックが大きいとの判断から、緒方に付けて下に降ろした。必要な事項は、後で佐藤が伝えることになっている。

「とにかく、悠二を破壊するのだけは、絶対に駄目《だめ》。それが、力を渡す絶対条件」

口火《くちび》を切ったのはシャナである。

「うむ。今の状態で、この坂井《さかい》悠二の内に宿った『零時迷子《れいじまいご》』を弄《いじ》れば、なにが起きるか分からぬ。迂闊《うかつ》に開《あ》けるのは危険である以上に愚《おろ》かと言えよう」

アラストールが、その胸元から続けた。

悠二が後ろ、やや遠くから、声をかける。

「ええ、と……刺客《しかく》として雇われるって〝王〟……〝壊刃《かいじん》〟だっけ？　そいつか、そいつを雇った誰かは、ただ『零時迷子《れいじまいご》』を狙っただけじゃない。その全体を変異《へんい》させるほどの自在式《じざいしき》を用意してるほど周到《しゅうとう》だったんだ」

彼の手は知らず、胸元の『零時迷子《れいじまいご》』をかばうように当てられている。

「あなたに見つかったときや、干渉《かんしょう》を受けたときへの対策を考えてないとは思えない」

ヴィルヘルミナが頷《うなず》いて、自分の前に横たわる友に声をかけた。

「フィレス、同意でありますか？　この状態からヨーハンを取り戻そうというのなら、不用意に〝ミステス〟に干渉《かんしょう》すべきではない……ようやく見つけたというのなら、なおさら慎重《しんちょう》に動くべきであります」

「……」

滅多《めった》にない彼女の熱弁《ねつべん》を、横たわったフィレスは、ただ薄目《うすめ》で見つめ返す。

「既に私の権限《けんげん》で、目的を知らせない極秘《ごくひ》事項として、この件の調査は行わせているのであります。多少、外界宿《アウトロー》がごたついているため、その結果は芳《かんば》しくはないようでありますが……ともかくも今は待って、この危険なものの正体を見極めるべきであります」

「……」

フィレスはその真摯《しんし》な視線に、

それでも愛する男への執着《しゅうちゃく》から、数秒の逡巡《しゅんじゅん》を見せ……結局、力なく顎《あご》を引く程度に、頷いた。吐息《といき》に混ざるような声を微《かす》かに漏《も》らす。

「……分かった……ヨーハンを、取り戻す、ためなら……」

「祝着《しゅうちゃく》」

珍しくティアマトーが、安堵《あんど》の色も濃く言った。

後は、と注目を集める中、佐藤《さとう》が恐る恐る尋《たず》ねる。

「……マージョリーさん？」

皆からやや離れた場所で一人、静かにビールを飲んでいたマージョリーは、あらぬ方を見ながら、しかし大声で子分《こぶん》に答える。

「分かってるわよ。何百年も追ってきて、やっと摑《つか》んだ手がかりを、本命の獲物とも分からない内にブチ殺したりはしないわ、勿体無《もったいな》い」

「まーなんだ、見知った顔を嚙《か》み千切《ちぎ》るってえのも寝覚《ねざ》め悪りぃからな、ギィーッヒヒヒ！」

マルコシアスが下品《げひん》に笑って、ようやく悠二はほっと一息ついた。

と、その前でヴィルヘルミナが、

「生憎《あいにく》と、出来合いでありますが……」

言って、ペットボトルの紅茶を紙コップへと注《つ》いでいる。

飲んだからと言って、〝徒《ともがら》〟には物理的な意味での効果があるわけでもないが、生活習慣として飲み食いしてきた者にとっては、一つの気休めになる。

その労《いたわ》りを受け取ってか、彼女は、

「……」

頷《うなず》く代わりに目を伏せた。

ヴィルヘルミナは微笑で返し、その半身を抱き起こす。

「さあ」

彼女の震える手、その病的なまでに細い指にコップを握らせる。すでに重しでしかない手甲《てっこう》は外されて、両腰に結《ゆ》わえ付けられていた。

「ふん」

シャナは、大好きな自分の、、、、、養育係による他人への献身《けんしん》的な姿を見て、思わずそっぽを向いた。

子供っぽい嫉妬《しっと》であることは分かっていたが、なんとなく気に喰わない、という感情までは抑えようがない。

そんなシャナの様子《ようす》に、つい悠二《ゆうじ》はクスリと笑っていた。

「なによ」

「い、いや、別になにも」

鋭く反応されて、悠二は慌《あわ》てて手を振る。

シャナは膨《ふく》れっ面《つら》を作って、しかし不機嫌《ふきげん》ではない。

吉田《よしだ》は、そんな二人の繋《つな》がりを見て、ふと寂しさを過《よ》ぎらせる。

「……」

紅茶で僅《わず》か口を湿らせたフィレスは、その光景を前髪の内から眇《すが》める。そうして、なんとはなしに周りへと、重い視線を巡らせていった。

すぐ右手に、気迫も顕《あらわ》な『炎髪灼眼《えんぱつしやくがん》の討《う》ち手《て》』が立ちはだかるように座っている。

強大な、〝紅世《ぐぜ》〟真正の魔神《まじん》の契約者。

『零時迷子《れいじまいご》』の〝ミステス〟は、その後ろ、やや距離を置いて、こちらを窺《うかが》っている。

自在法《じざいほう》を少々使うらしい〝ミステス〟。

左側にはヴィルヘルミナ・カルメルが、深い気遣《きづか》いの色を隠《かく》さず背中を支えている。

言うまでもない、戦技無双《せんぎむそう》の舞踏姫《ぶとうき》。

少し離れた所で、『弔詞の詠み手《ちょうしのよみて》』が、酒の入っているらしいコップを傾けている。

フレイムヘイズ屈指《くつし》の殺し屋たる自在師《し》。

その傍《かたわ》らに、人間の少年が真剣極《きわ》まる面持《おもも》ちで話を聞き、正座の構えを取っている。

やり取りから見て、『弔詞の詠み手《ちょうしのよみて》』の協力者。

「……？」

最後にフィレスは、おかしなものへと視線を移す。

人間――『炎髪灼眼《えんぱつしやくがん》の討《う》ち手《て》』の隣《となり》に座った〝紅世《ぐぜ》〟との関わりが見えない、人間。

その人間――吉田一美《かずみ》は、いつもの纏《まと》まりとして、なんとなく一緒に座った、ここにいる誰からも、立ち去るよう言われなかった、その場所で、何度も話に聞いた『約束の二人《エンゲージ・リンク》』の片割《かたわ》れたる〝王〟からの、怪訝《けげん》と疑惑《ぎわく》の視線に気付き、僅《わず》かに恐怖と戸惑《とまど》いを見せる。

「あなたは――」

ぽつりと、フィレスは呟《つぶや》いた。

「えっ」

吉田《よしだ》は最初、それが自分に向け、放たれた言葉であると理解できなかった。それほどに『自分は〝紅世《ぐぜ》の王〟に声などかけられるわけがない』、『自分は〝紅世《ぐぜ》〟と接点を持たない存在である』と、無意識の内に認識していた。でなければ、なんとなくであるにせよ、人喰いの怪物たる〝紅世《ぐぜ》の徒《ともがら》〟のすぐ傍《そば》に座ることなど、気弱な彼女にできようはずもない。

その場にある誰もが――彼女への危害という可能性を考え、守るべく力を密《ひそ》かに込めるシャナとマージョリー、ヴィルヘルミナでさえも――秘密の共有という事実、慣れという感覚の麻《ま》痺《ひ》、双方の理由から忘れていた、彼女の不自然さを、新たに現れたフィレスだけが感じていた。

「あなたは――どうして、ここにいるの」

「……？」

今度は、その問われた内容が、理解できない。

他の面々《めんめん》も同じ。怪訝《けげん》な顔をする。

「あなたは――」

ないことへの自責の念を過《よ》ぎらす、お人よしな親友の姿を見て、

（バーカ、誰がおまえに文句言えるってんだ？）

そう、昏だけで言ってやった。声に出すのは、別のことである。

「――せっかくのオガちゃんとの夜だ、過ごさない手はないだろ」

「ばっ、な、な、ななっ！」

言われた緒方は一気に赤くなった。

「どーしたんだよ、オガちゃん。今日はちょっとおかしーぞ？」

「なにか進展の匂《にお》いがしますな、ふふふ……」

「し、ししししてないしてない、なんにもしてない!!」

一方、

「シャナちゃん、泊まってこーよ、ねー」

「せっかくの主役なのに」

二組に遊びに来ていた西尾《にしお》や浅沼《あさぬま》からもせがまれたシャナは、

「……ん」

とだけ答え、俯《うつむ》いてしまう。

他でもないシャナ本人が、帰宅することを心底から残念に思っていることは一目瞭然《いちもくりようぜん》であったため、クラスメイト他で構成される『シャナちゃんを引き止めよう派』は矛先《ほこさき》を、同じく

帰るという少年に変えた。

「まさか、坂井《さかい》が絡んでんじゃねーだろな」

「普通、こーいう日にシャナちゃんを独り占めする？」

「いい度胸《どきょう》してんな、このヤロー」

言われた悠二《ゆうじ》は、周りから一斉《いっせい》に背中をはたかれた。

「そんなこと言われても痛っ、痛っ、痛いって!?」

そして、

「やっぱ駄目《だめ》なんだ」

「今日くらいはいいと思うんだけどなー」

当然のように帰ることになった吉田《よしだ》は頷《うなず》き、いつものように、断ることで済まなさそうにするのではなく……なぜか強く、決意さえはっきりと見せて、言い切った。

「ごめんね。大事な用があるの」

俯《うつむ》いていたシャナが、その言葉に小さく頷くのを見て、悠二は首を傾《かし》げた。


カスピの大塩湖《だいえんこ》を、跳ねる。

広大に揺れる波紋《はもん》を眼下に、

それは、標的《ひょうてき》を目指す。

御崎《みさき》市は、南北に走る大河・真南川《まながわ》によって東西に分かれた形をしている。東部は御崎市駅から高速道路、オフィス街から繁華《はんか》街までを揃《そろ》えた市街地で、西部は御崎高校も含む民家でほぼ占められる住宅地、という露骨《ろこつ》な区分けとなっている。

この東部《とうぶ》真南川沿いの北部に『旧《きゅう》住宅地』と呼ばれる、昔の地主階級《かいきゅう》の人々の集住《しゅうじゅう》する地区がある。いずれも広大な敷地を持つ豪邸《ごうてい》ばかりで、市街地に見られる繁華の混沌《こんとん》、活況の騒《そう》々しさとは無縁《むえん》の、閑静《かんせい》な場所である。

佐藤《さとう》は、この旧住宅地指折《ゆびお》りの豪邸で一人暮らしをしている。彼曰《いわ》く『不愉快《ふゆかい》な理由』で寄り付かない家族の他は、昼勤《ひるきん》の老ハウスキーパーらと、傲慢《ごうまん》な居候《いそうろう》たるマージョリー・ドーが在るのみだった。

この、夜には遠い市街地のざわめきが届くほど静まる佐藤家の一角——日本庭園と面する側に、重い空気を漂わせる一同が会していた。

「遅いわね」

縁側《えんがわ》に腰掛けたマージョリーが、やはり最初に口を開く。珍しく長い髪を下ろして、浴衣《ゆかた》も大いに着崩《きくず》している。その傍《かたわ》らには、お盆《ぼん》に載せたつまみの皿と太い酒瓶《さかびん》が置かれていて、まるで月見《つきみ》の酒宴《しゆえん》という様態《ようたい》である。

と、お盆《ぼん》の反対側に置かれた〝グリモア〟から、

「灼眼《しやくがん》の嬢《じよう》ちゃんなら、時間前にゃ絶対来るだろ。そう焦るない、我が短気な導火線、マージョリー・ドー、ヒヒヒ」

マルコシアスが笑い、いかにも不思議《ふしぎ》そうな声で続ける。

「しーっかし、あの嬢ちゃんがカズミのためになあ。恋する少女の胸の内ってなあ、まさに複《ふく》雑怪奇《ざつかいき》だぜ」

「……ま、いーんじゃない」

マージョリーは、どこか歯切れ悪く返した。自分の傍《かたわ》らに一人の少年を座らせている、という奇妙《きみよう》な状況への気まずさを、フンと鼻で笑い飛ばすように言う。

「チビジャリが今の状況であんたを、よりにもよって、この私に任せてくなんてね。今さらだけど、ホントいい度胸《どきよう》してるわ」

「まあ……」

曖昧《あいまい》に答えた少年は無論《むろん》、坂井《さかい》悠二《ゆうじ》である。

「たしかに、今さらあんたをどうこうしよう、って気はないけどさ。それを見透《みす》かされてるってのは、いい気分じゃないかも」

「ええ……」

また曖昧に、悠二は答える。

「にしたって、一緒に持ってく程度の手間、惜しむわけもなし……もしかして、あんたを連れて行きたくない理由でもあったのかしらねー」

「はあ——」

またまた曖昧に、悠二は
ボカッ、と、

「——っ痛!?」

答えかけた後頭部を殴《なぐ》られた。前のめりに転びそうになって、慌《あわ》てて縁側《えんがわ》から前によろけるように立つ。

手をプラプラと振るマージョリーが、眉根《まゆね》を寄せて言う。

「あーもー、ホントはっきりしない奴《やつ》ね。チビジャリもカズミも、なんでこんなノラクラしたのに惚《ほ》れてんのかしら」

他人から改めて言われた悠二は、思わず頭をかいて照れた。

「そ、そんな」

「誉《ほ》めてねーっつの」

悠二を挟むように、マージョリーの反対側に座っていた佐藤《さとう》も、呆《あき》れの溜《た》め息《いき》をついた。

今は、夜の十一時を過ぎた夜半。

彼らは今から、衰弱《すいじゃく》しきった〝彩飄《さいひょう》〟フィレスに〝存在の力〟を与えようとしていた。

午前零時《れいじ》の来る毎《ごと》に、その日の内に消耗《しょうもう》した〝存在の力〟を回復する永久機関『零時迷子《れいじまいご》』を身の内に宿す〝ミステス〟――坂井悠二《さかいゆうじ》から。

本来彼女は、悠二の前に『零時迷子《れいじまいご》』を宿していた〝ミステス〟ヨーハンから〝存在の力〟を得ることで人を喰らわずに生きてきた。今《いま》弱っているのも、その彼との誓《ちか》い『人間を喰らわない』を頑《かたく》なに守っているからである。もしこれを彼女が気にしていなければ、御崎《みさき》高校での戦いは修復《しゅうふく》以前の……惨《さん》を極めた人喰いの巷《ちまた》となっていたはずである。

悠二は、自分にとって妥協《だきょう》不能な最悪の〝王〟に、それでも素直な感嘆《かんたん》を覚えていた。

（不利を承知《しょうち》で、死の危険を冒《おか》してまで、誓いを守るなんて）

日本庭園の中ほどにある東屋《あずまや》に、灯篭《とうろう》型の電灯がポツンと点《とも》っている。

その屋根の下に、白いものが見える。ヴィルヘルミナ・カルメルのヘッドドレスらしい。ここからは見えないが、東屋の中にはフィレスが寝かされているはずだった。

彼女への感嘆は、しかし悠二にとっては同時に恐ろしいものでもあった。

（それだけ想いが強いのなら……僕を壊して、『永遠の恋人』を取り戻すことを諦《あきら》めているわけがない）

彼女の甘く切ない、愛する者を求める力に溢《あふ》れた声を思い出して、腹の底から震える。『坂井悠二という宝箱』を開けるという彼女の目的に、心構えに、一切の揺るぎがないことは明らかだった。誇張《こちょう》でもなんでもなく、あの〝紅世《ぐぜ》の王〟は今この瞬間にも、消耗しきった身を押して『宝箱』に狙いをつけているかもしれないのである。

（シャナも、そのことは分かってるはずなのに、どうして自分でフィレス……さんを見張らずに、吉田《よしだ》さんを迎えに行ったりするんだろう）

フィレスがいる間は付きっきりで悠二の身を守る、と請合ったはずのシャナは今、吉田をその家へと迎えに行っており、ここにいない。悠二の護衛《ごえい》を、なんとマージョリーに託しての行動である。育ての親という例外であるヴィルヘルミナと違い、仲間意識の薄い他のフレイムへイズ、その中でも気の合う方ではないだろう彼女に、頭まで下げている。

（マージョリーさんの言うみたいに、吉田さんに用でもあったんだろうか……それとも、慰《なぐさ》めに行ったのかな）

まさかシャナが、と思うが、あのときの状況を思うと、ないとも言い切れない。

夜の屋上でのこと――フィレスから、今までの自分を全て否定されたかのような言葉を投げかけられた――があってから、吉田は常にも増して無口になった。せいぜいが、学校での別れ際、ハッキリここに来ると明言した程度である。

それでもシャナは、マージョリーの、

「安全なんか保証《ほしょう》できないんだから、無理に呼ぶことはないんじゃない？」

という至極《しごく》もっともな（悠二もできればその方がいいと思っていた）意見にも、

「無理じゃない。吉田《よしだ》一美《かずみ》は、『来る』って言った」

と断固たる一言だけを返して、夜に飛び去っている。

なぜシャナが、そこまで吉田の肩を持つようになったのか、悠二《ゆうじ》にもヴィルヘルミナにも、もちろん佐藤《さとう》にも分からなかった。マージョリーはなにか察しているらしいが、言ってはくれない。彼女は少女に甘く、少年には厳《きび》しいのである。

ただ、悠二にも薄っすらと、感じられるものはあった。

吉田が学校で見せた決意の姿と、飛び立つシャナに重なる、なにか。

珍しい、ほとんど初めて感じたそれは、『シャナと吉田一美の』結びつきだった。

(なんだろう……急に二人が仲良くする理由……共通するもの……?)

ふと、たった今マージョリーの言った、

(――「チビジャリもカズミも、なんで(自尊心《じそんしん》により中略)に惚《ほ》れてんのかしら」――)

という言葉が思い出された。

(惚れてる……か)

もう、これまでのように『まさか』と思えない。

(いつまでも、そう言って逃げてられないんだよ、な)

シャナと出会うまでは、自分自身の問題として考えたこともなかったこの気持ちを、悠二は長い間(といっても半年ほどだが)、男のいい気な自惚《うぬぼ》れと思って抑え、自分の立場からの打算で諮《はか》っていないかと恐れ、そういう気持ちを抱いてはいけないと封じ込めてきた。

しかし、さすがの朴念仁《ぼくねんじん》たる少年も、今や少女ら二人から好意を寄せられていることを、認めないわけにはいかなくなっている。どんな形であれ、どんな結果になろうと、答えを返さねばならない、という思いも日々強くなっている。

ただ、問題が一つ。

(僕が人間じゃない……〝ミステス〟であることは、もう二人ともに分かってるし……それでも好きだって気持ちを示してくれてる)

この自身の在《あ》り様《よう》を前提にしても、

(僕は、二人をどう思ってる?)

それが、まだ、分からない。

本当に、馬鹿《ばか》馬鹿しい話だった。

(どっちが、好きなんだろう?)

本末転倒《ほんまつてんとう》もはなはだしい、恋だの愛だのを考えるための大前提《だいぜんてい》を、自分が全く持っていなかったことに、悠二は今さら気付かされていた。シャナが吉田が可愛《かわい》い、吉田がシャナが好意を寄せてくれる――それらは自分の気持ちとは全く関係ないものだったのである。

(僕は、彼女たちのような意味で『好きだ』と、思っているんだろうか?)

相手への気持ちにどう答えればいいか――そればかり考えていて、自分自身の主体性がまるでなかったのだった。あるいはこの間抜けさは、彼女らに対する侮辱《ぶじょく》ですらある。

(二人のために、そして僕のために……ちゃんと考え……いや、感じよう)

紅蓮《ぐれん》の去った、そして二人で帰ってくるだろう夜空へと、悠二《ゆうじ》は視線を注《そそ》ぐ。

アルボルズの山々を、跨《また》ぐ。
並び立つ嶺々《みねみね》を眼下に、
それは、標的《ひょうてき》を目指す。

二階の自室で、吉田《よしだ》は今から着て行く着衣を選んでいた。

(スカートだと、気楽な観客として来たように思われるかも)

そう思って却下《きゃっか》したワンピースやスカートが、ベッドの上に散らかっている。

(自分が何をするでもないのに、こんなのを着て行くってのも、変かな)

そう思って、ジャージの入った引き出しを戻す。いい加減《かげん》決めないと、もうこの季節、風呂《ふろ》
上がりの下着姿では風邪《かぜ》をひいてしまう。思わず腰を抱いて震えた中で、

(あっ、そうだ！　ジーンズの上下があった——あれなら)

ようやく『張り切りすぎではないが、不真面目《ふまじめ》でもない服』を決めて、チェストの引き出しに手をかけた。そのとき、

コン、と、

「？」

背後で物音がした。

吉田は振り向いて、驚く。

「あっ、シャナちゃん!?」

ベランダに通じるガラス戸、レースのカーテン越しに、紅蓮《ぐれん》の煌《かがや》きが見えた。それはすぐ消えて、月明かりに映る影になる。

「迎えに来た」

そっけない言葉に、それでも吉田は衝撃《しょうげき》を受けた。

（シャナちゃんが……？）

「来る、って言ったから。準備はまだ？」

問われて、吉田は慌《あわ》てて答える。

「う、うん、今着替えてるところ」

もちろん言いはしたが、それは唐突《とうとつ》な疎外《そがい》を突き付けた〝彩飄《さいひょう》〟フィレスへの反発、あるいは自分の想いと立場の証明という、勝手な宣言に過ぎないことも自覚していた。だから佐藤《さとう》家

にも、押しかけ覚悟《かくご》で行こうと準備していたのだが……

(どうして、シャナちゃんが?)

吉田《よしだ》は訝《いぶか》しんで、それでも少女を迎えようとカーテンに手をかける。

「寒いでしょ、今——」

と、その気配を察してか、またそっけない声が。

「いいから、早く準備して」

「え、うん……」

影が、トン、という音とともに、僅《わず》か近くなる。どうやらガラス戸に背をもたせ掛けたらしい。軽くて小さな体では、ガラスにも戸の枠《わく》にも、軋《きし》み一つ起きない。

(なのに、すごく強いフレイムヘイズなんだ)

自分が追い出される(と思った)場所で、揺るがず在り続ける少女に、吉田は羨《うらや》ましさを刹《せつ》那《な》感じて、

(駄目《だめ》駄目、シャナちゃんがどうこうは、関係ない)

すぐに負の気持ちを追い出した。友達を待たせないよう、急いでチェストからジーンズの上下を出す。どちらも、色落ちやカット等の洒落《しゃれ》っ気の無い、ごく普通のタイプである。

ブラウスを着てから、そのズボンを取る。

「ん、しょ——」

まだ着慣らしていなかったため、少しゴワゴワして穿《は》き辛《づら》い……と、足を通す中で、よろけた。片足で数歩、蹈鞴《たたら》を踏み、

「──っわ、っと、あっ⁉」

ドテッ、と尻餅《しりもち》をついてしまう。

「……、っ！」

友達の前で格好《かっこう》悪い場面を見せて恥ずかしい──以前に、今の物音で隣室《りんしつ》の弟や下の両親が様子《ようす》を見に来ないか、とハラハラする。

が、幸い、その心配を察したらしいシャナが、

「皆、気配は静か。もう寝てる」

すぐ後ろから太鼓判《たいこばん》を押してくれた。

「そ、そう……ありがとう」

吉田《よしだ》は泡《あわ》を食うほどに慌《あわ》てた気配（というのだろう）が筒抜《つつぬ》けだったことに、今さら気がついて頬《ほお》を真っ赤に染めた。今度は転ばないよう、床に座ったまま足を伸ばして裾《すそ》に通す。そうする中、照れ隠《かく》しとして訊《き》いた。

「よく分かるね」

「ん」

訊いて、そこから今、自分が抱いている気持ちが零《こぼ》れる。

「いいな……」

「？」

カーテンの影が、怪訝《けげん》さを振り向く動作に表した。

が、吉田はそれを見ず、ガラス戸とカーテン越し、背中合わせに座る。

「やっぱり……そういう人じゃないと、そっちには、入っちゃ駄目《だめ》なのかな？」

「……」

シャナは、お義理《ぎり》の否定を求めるだけの質問には答えない。

ただ、一人の少女に、同じ少年を好きな友達に、問い質《ただ》す。

「おまえは、どうしたいの？」

「私は――」

吉田は僅《わず》か、シャナの気持ちと自分の立場を思って躊躇《ためら》い、

しかし、

「――坂井《さかい》君のところに、行く」

一つ想いが、とっくに出していた答えを、改めて口にさせていた。

行きたい、という単なる願望の吐露《とろ》ではなかった。

行く、という意思と覚悟《かくご》の、明確《めいかく》強固な表明だった。

シャナは立った。立って振り返り、少女の行動を待つ。

吉田《よしだ》も立った。自分の手でカーテンを引き、戸を開ける。

そこに在る少女は、黒髪を夜風に靡《なび》かせ、黒い双眸《そうぼう》で見上げ、

「おまえは、こっちに来てもいい——ううん」

首を振った。

その仕草《しぐさ》に揺れる髪から、火《ひ》の粉《こ》が舞い咲く。

再び強く見上げてくる瞳が燃え上がる。

見惚《みと》れるような、紅蓮《ぐれん》と、紅蓮に。

「ここにいると自分の意志で決めた。なら、他の誰にも、止められない。ヴィルヘルミナにも、『弔詞《ちょうし》の詠《よ》み手《て》』にも、悠二《ゆうじ》にも……例え〝彩飄《さいひょう》〟フィレスであっても」

シャナは一拍置《お》いて、言う。

「もちろん、私にも」

「！」

吉田は驚きではない、なにか別の衝撃《しょうげき》が体を貫《つらぬ》くのを感じた。

目の前に在る炎髪灼眼《えんぱつしゃくがん》の少女は、これまでの——好きという気持ちを恐れて誤魔化《ごまか》し、それでも悠二と一緒にいる——好かれたいという欲求に戸惑《とまど》って一歩引く、なのに悠二と一緒に在ろうとする者を妨害する——そんな、臆病《おくびょう》で卑怯《ひきょう》な少女ではなかった。

（そう、だ）

今日の清秋祭《せいしゅうさい》で、仮装《かそう》パレードで、自分と坂井《さかい》悠二が一緒であっても、彼女がなんらアクションを起こさず悠然《ゆうぜん》としていた……その理由と根拠《こんきょ》を、理屈《りくつ》ではなく感覚から、摑《つか》んだような気がした。彼女が、あの最後のインタビューでなにをしようとしていたのかも、同時に。

（そう、なんだ）

自分と全く同じ場所に、彼女はやって来た。

（そうなんだ、シャナちゃん）

目の前に在る炎髪《えんぱつ》灼眼《しゃくがん》の少女・シャナは、今や自分の気持ちを表して臆《おく》するところのない、他人の行為にも動じることのない、本当のライバルに変わっていた。

（うん）

吉田は、シャナを認めた。

尊敬《そんけい》や畏怖《いふ》、劣等《れっとう》感や怒り以外の気持ちを、彼女に対し初めて覚える。

それは、共感。

自分と同じ気持ちを持って、同じ少年に向かう、少女と少女の。

「行こう」

シャナが言い、手を差し出した。

「あんな奴《やつ》に……私たちのことを、偉そうに言わせたりなんかしない」

「うん」

吉田《よしだ》は声に出して答え、その手を取った。

〝彩飄《さいひょう》〟フィレスに――『零時迷子《れいじまいご》』の〝ミステス〟坂井悠二《さかいゆうじ》をヨーハンの容《い》れ物としてしか見ていない彼女に――自分たちの気持ちを示してやろう。それが、彼女の抱くものと何ら変わるところのない、大切な想いであることを見せてやろう。

誓《ちか》いのように二人の少女は手を握り合った。

そして、夜の街に沈む吉田家から、紅蓮《ぐれん》の光が空へと飛び上がる。

一路《いちろ》、流星のように目指して奔《はし》り行くは、悠二とフィレスの待つ佐藤《さとう》家。

(これが、シャナちゃんの光景)

シャナに両手で抱きかかえられた吉田は、初めて体験する紅蓮の双翼《そうよく》による飛翔《ひしょう》、その速さ鋭さ、爽快感《そうかいかん》に目を見張っていた。眼下を過ぎる街明かりと体に吹き付ける風が、自分という人間が決して在るはずのない場所を飛んでいることを実感させる。いつか、傷だらけの少年との出会いに感じたものと同じ
(――これが、フレイムヘイズの……人間じゃない人たちの世界)

自分を強固に支える腕、激しく燃える紅蓮の双翼、火《ひ》の粉《こ》を舞い咲かせ棚引《たなび》く炎髪《えんぱつ》、そして真っ直ぐ前を見据《みす》える灼眼《しゃくがん》……全てが人間の域にない、異能《いのう》超常の力。

(強くて、頭も良くて、可愛《かわい》くて、格好《かっこ》いい……でも)

今の吉田にとって、それらは、単なる『二人の違い』に過ぎなくなっていた。

（私と同じ気持ちを持ってる）

思うライバルに向けて、これまでハッキリしない態度を取ってきた、ハッキリしていると見せかけて、本当のところを隠《かく》していた少女は、言う。

「一美」

名前を呼ばれて一瞬驚き、しかし吉田は訊《き》く。

「……なに？」

どんな言葉が来るのか、不思議《ふしぎ》と想像できた。

「私――」

シャナは、ここに在る人間の少女に向けて、宣言する。

少年に届ける、と自分の意志で決めた、言葉を。

「――悠二に、好きだ、って言う」

吉田は、驚かなかった。

「うん」

ただ、とうとう真《ま》っ向《こう》からぶつかることになったライバルに向けて、頷《うなず》く。

そして、自分でも意外《いがい》なほど、静かで強固な気持ちを保ったまま、答える。

「でも、負けない」

「私も、負けない」

二人の少女は、声を心を合わせ、飛んでゆく。
カヴィールの砂漠を、流れる。
吹き荒れる砂嵐《すなあらし》を眼下に、
それは、標的《ひょうてき》を目指す。

佐藤《さとう》家の庭に、妙《みょう》な光景があった。
庭園の固い芝生《しばふ》上に、緊張《きんちょう》で顔を強張《こわば》らせて立つ悠二《ゆうじ》。
その正面に、痩身《そうしん》を地面へと座り込ませているフィレス。
彼女の右側に、『贄殿遮那《にえとののしゃな》』の剣尖《けんせん》を突き付けているシャナ。
同じく左側に、退屈《たいくつ》そうに欠伸《あくび》を嚙《か》み殺しているマージョリー。
やはり後ろには、気遣《きづか》わしげに全員の様子《ようす》を見回すヴィルヘルミナ。
そして、やや離れた場所に在るのは、成り行きを見守る佐藤と――吉田《よしだ》。
悠二と三人のフレイムヘイズに、四方《しほう》を囲まれた女性。
〝彩飄《さいひょう》〟フィレス。

『約束の二人《エンゲージ・リンク》』の片割れ。

悠二にとって危険極まりない〝紅世《ぐぜ》の王〟。

彼女への〝存在の力〟の受け渡しが、いよいよ始まろうとしていた。

今、極限の消耗《しょうもう》から地面に座り込んでいる彼女は、俯《うつむ》けがちな顔の下から、

『どうして、ここにいるのか。どうして、まだここにいるのか』

という疑問、怪訝《けげん》さ、あるいは咎《とが》めてさえいるような目で、一人の少女を見ている。

少女とは、言うまでもない、吉田一美《かずみ》である。

「……」

彼女は、フィレスからそうした態度で接されることを覚悟《かくご》していた。ゆえに、排斥《はいせき》の言葉と同等に重い、無言の圧力を受けても、なんとかその場（さすがに距離は置いているが）に踏みとどまり、自分の気持ちを視線に込めるつもりで見つめ返すこともできている。

そんな、微妙《びみょう》に剣呑《けんのん》な沈黙《ちんもく》の中、悠二は手元の、いつも真夜中の鍛錬《たんれん》に使っているアラーム付きの小さな時計を見る。

「シャナ、十分前だ」

一言だけ、固い声をかけた。

「ん」

毛ほどに剣尖が引かれ、フィレスに僅《わず》かな身動きの余裕《よゆう》が与えられる。

シャナは、悠二《ゆうじ》を案ずるがゆえに、この〝王〟を欠片《かけら》も信用していなかった。

彼女の抱く、強く激しい愛情を感じていれば当然、油断《ゆだん》するのは愚《おろ》かというものである。いつ魔《ま》が差して、あるいは計画通りに、『永遠の恋人』ヨーハンを取り戻す行動——悠二の破壊に出るか、分かったものではなかった。なにか下手《へた》なことをする気配を見せれば、即座《そくざ》に叩《たた》き斬《き》るつもりで警戒《けいかい》する。

逆に、心情的にはフィレス寄りのヴィルヘルミナは、座る彼女を優しく助け起こす。

「大丈夫でありますか」

彼女としては、命の恩人《おんじん》であり、ヨーハンと三人、数年の行路を共にした友でもあるフィレスに助力したい。しかし、愛情を持って育てた娘同然のシャナを、恋する少年との別離、という悲しい目に遭《あ》わせたくもない（交際の許可不許《ふ》可については、また別の話だが）。板挟《いたばさ》みと言うも生易《なまやさ》しい酷苦《こっく》を、しかし放り出して逃げることもできない。ただ、でき得る全てを尽くして、現実に抗《あらが》うのみだった。

そんな少女と友、二人へと僅《わず》かに目線を流し、フィレスはよろけながらも立つ。

マージョリーが横から、

「じゃ、そろそろこっちも」

「お役目を果たすとすっか、ヒヒ！」

彼女らが今ここに立ち会っているのは、シャナのように悠二を守るためでも、ヴィルヘルミナのように争いを食い止めるためでもない。この危険きわまる宝具《ほうぐ》と、本来の持ち主が起こす現象を観察し、力の動きから新たな情報を収集するためである。〝銀〟討滅《とうめつ》に至る手がかりを、塵《ちり》一つたりと見逃さないよう、全神経を集中させる。

（さーて、なにが出るかお楽しみ、ってところかしら）

（今度はブチ切れねーようにな、ヒヒブッ！）

声なき会話の切りに〝グリモア〟をぶっ叩《たた》くと、まるでそれがスイッチだったかのように、悠二の胸ポケットから群青《ぐんじょう》色の光が溢《あふ》れ出た。

「うわっ!?」

叫ぶ悠二に、フレイムヘイズ屈指《くっし》の殺し屋は冷徹《れいてつ》な声をかける。

「静かに。あんたにあげた栞《しおり》を基点に、観測と走査《そうさ》の自在式《じざいしき》を起動させただけよ」

その群青色の光は、やがて色の明暗と濃淡《のうたん》を分け、文字とも記号とも付かない紋章《もんしょう》――自在式の形を表してゆく。宙を舞うそれらは、やがて悠二を囲む五重の輪を作り、すぐ周りに立つ面々《めんめん》を囲むほどの大きさへと広がった。庭園に、群青色に輝く五重の輪によるステージが、まるで儀式《ぎしき》の場のように用意される格好《かっこう》である。

この、自在式による大掛かりな観測・走査装置の出来栄《できば》えを、マージョリーは軽く周りを見回すことで確認する。

「こんなもん、かな」

「ハッハー、自在法《じざいほう》五つの同時展開たあ、また念の入ったことだぜ、我が慎重《しんちよう》なる冒険《ぼうけん》者、マージョリー・ドー？」

「ふん、この絶好の機会に手を抜いたら、ただの馬鹿じゃない」

相棒《あいぼう》に、あえて復讐《ふくしゆう》者としての獰猛《どうもう》極まりない笑みで返してから、ようやく彼女は騒動《そうどう》の根源たる〝王〟へと向き直った。

「さってと……〝彩飄《さいひよう》〟フィレス。分かってるでしょうけど、ユージの〝存在の力〟は、当面の活動に必要な量だけ吸収するように頼むわ」

「色気出すと、恐《こえ》ぇー嬢《じよう》ちゃんのお仕置きがあるぜ、ヒヒ」

「……」

自在師《し》の指示と恫喝《どうかつ》に向けて、フィレスは声ではなく、顎《あご》を僅《わず》か引くことで頷《うなず》いた。よろける足で一歩、目の前で青ざめる〝ミステス〟へと歩み寄る。

と、

「それ以上近付かないで」

右の首元に感じる痛点、突きつけられた剣尖《けんせん》の圧力が、増した。

「……触らないと」

沈鬱《ちんうつ》な表情を前に向けたまま、鈍い声を投げやりに零《こぼ》す。

「力を、吸収できない」

その年若い討《う》ち手――旅の間、何度も誇らしげに自慢された魔神《まじん》の契約者、完全なるフレイムヘイズ『炎髪灼眼《えんぱつしゃくがん》』――が、ヴィルヘルミナに気をやるのを感じる。

「……致《いた》し方《かた》ないのであります」

「許容範囲《はんい》内」

育ての親たる二人からの、不本意に過ぎる答えを受けて渋々《しぶしぶ》、それでも改めて大太刀《おおだち》の剣尖を強く、シャナは突きつける。

「少しでも悠二《ゆうじ》の構成をいじったら、その結果を見る前に、おまえを斬《き》る」

「……分かった」

答えるや、フィレスは吐息《といき》も感じる距離にある〝ミステス〟へと、無用心と言っていいほど唐突《とうとつ》に、しなだれかかった。

「う、わ!?」

当の悠二だけでなく、

「なっ!?」「あっ!?」

フレイムヘイズと人間、二人の少女が同時に動転する。

首筋《くびすじ》に強まった剣尖の圧力にも構わず、フィレスは体を預けた〝ミステス〟の腰から肩、肩から鎖骨《さこつ》、首筋から頬《ほお》へと、探るように確かめるように指先を這《は》わせ、最後に両の頬を掌《てのひら》で柔らかく包み込んだ。自分の顔と正面、目と目を顔と顔を合わせるように、〝ミステス〟を正面へと据《す》える。

「え、あ……」

真っ赤になって慌《あわ》てていた悠二《ゆうじ》は、しかしすぐ薄ら寒い恐怖を湧《わ》き上がらせた。

そこにあったのは、最初に自分へと手を差し出してきたときと同じ視線だった。

真正面から、坂井《さかい》悠二の瞳《ひとみ》ではない、その奥に隠《かく》された者を覗《のぞ》こうとしている。

潤《うる》んだ切れ長の瞳に見えるものは、いつしか熱さ強さだけではなくなっていた。

寂しさが、あった。

「……」

悠二は、近くにあるシャナの、遠くにある吉田《よしだ》の、緊張《きんちょう》と怒りを感じつつ、自分の唇へと近付いてくる、薄く小さな唇――最悪の場合、自身の消滅《しょうめつ》をすら齎《もたら》す刻印《こくいん》――に、魅入《みい》られてゆく。少女二人が、堪《たま》らず制止と拒否の声を上げようとした、そのとき、
フィレスの顔が、急に脇へと逸《そ》れた。

ほっとした途端《とたん》――抱きつかれていた。

「っ!?」

「悠――」「ま、まだであります!」「坂井君!」「待機」

シャナとヴィルヘルミナと吉田《よしだ》とティアマトーが各々言う間に、悠二《ゆうじ》は肩と腰に回された腕で締め付けられる。

まるでそのための力を残していたかのように、フィレスは悠二を抱く。まるでその表情を隠《かく》すように、悠二の細い首元に顔を埋める。泣くでもなく、ただ抱いて、顔を埋める。

悠二は、危険《いがい》な〝紅世《ぐぜ》の王〟であると知りつつ、かかる髪のくすぐったさ、細身《ほそみ》の心地よい軽さと意外《いがい》などほどの柔らかさ、不思議《ふしぎ》ないい匂《にお》いの中で、つい陶然《とうぜん》となった。

瞬間、

「!!」

どこと言えない自身の全体から〝存在の力〟の抜ける、独特な感覚があった。

シャナとの真夜中の鍛錬《たんれん》における供給や、自身を消耗《しょうもう》させて張った封絶《ふうぜつ》に比べて特に多いわけでもない、ほんの少量の力が、フィレスへと流れ込んでいく。

(こ、この状況だ、さすがに約束を守ってくれたらしい……)

という安堵《あんど》も束《つか》の間《ま》、

(……っ？)

悠二は焦った。

力の受け渡しが終わっても、自身の体に最低限の活力が戻っても、フィレスは密着させた体を離そうとしない。強く抱きついて、首元に顔を埋めたままでいる。

シャナと吉田がジトッとした目で自分を睨《にら》んでいるのを見て、悠二は、心中《しんちゅう》で必死に言い訳をした。

（こ、これは僕のせいじゃ……まさか振りほどくわけにもいかないし……）

と、

自分を抱き締める肩が震えていることに気付く。

小さな小さな、震える呟《つぶや》きだけが、ようやく耳に届いていた。

「こんな、近くに……ここに、貴方《あなた》がいるのに……」

それは悠二にとって、非情《ひじょう》極まる声。

しかしヨーハンに向けた、有情《うじょう》限りない、声。

ルートの砂漠を、巡る。

灼熱《しゃくねつ》の地獄《じごく》を眼下に、

それは、標的《ひょうてき》を目指す。

「フィレス、さ」

声をかけようとした悠二《ゆうじ》は不意に、

「んがほっ!?」

抱きつかれていた相手からの強打を受け、吹っ飛んだ。

驚く一同の前で、フィレスが平然と掌《てのひら》を一つ、拒絶のように前に出していた。首を傾《かし》げてから、傍《かたわ》らのフレイムヘイズへと振り向き、やはり平然と言う。

「約束は、この〝ミステス〟の構成をいじらないことだったはず」

その首には、大太刀《おおだち》の剣尖《けんせん》が僅《わず》かに沈んでいた。振り向いたことで傷口が広がり、琥珀《こはく》色の火《ひ》の粉《こ》がハラハラと散っている。

「じゃあ、変えるわ。悠二に少しでも余計なことをしたら、、、、、おまえを斬《き》る――!!」

憤怒《ふんぬ》を面《おもて》に表すシャナが、灼眼《しゃくがん》を赤い上にも赤く煌《きらめ》かせて警告《けいこく》した。動作が『殺し』というほどに深くなかったために一瞬、反応が遅れてしまったという自分への怒りも手伝い、その声は険悪と屈辱《くつじょく》に震えてさえいる。

フィレスは、なにが拙《まず》かったのか、まるで分からない風《ふう》な顔をして、

「そう」

と一言だけ答えた。

その間に、ヴィルヘルミナが慌《あわ》てて割って入る。

「ふ、二人とも落ち着くのであります」

「沈静」

ティアマトーも制止を求めるが、シャナは怒りの色を全く抑えようとしない。この〝彩飄《さいひょう》〟フィレスだけには絶対に油断《ゆだん》できない、一瞬の隙《すき》が悠二を殺してしまう、と少女は考えているのだった。その過敏《かびん》とも思える怒りは、割り込んだ養育係にまで向けられる。

「ヴィルヘルミナは、こいつの肩ばっかり持つ」

少し拗《す》ねた色も混じった糾弾《きゅうだん》に、ヴィルヘルミナは覿面《てきめん》に狼狽《ろうばい》した。

「そ、そういうわけでは……」

そのシャナの傍らで、

「坂井《さかい》君」

「大丈夫か？」

「う、ん……怪我《けが》、はしてない、たた……」

駆け寄った吉田《よしだ》と佐藤《さとう》が、吹っ飛び、芝生《しばふ》に突《つ》っ伏《ぷ》した悠二を助け起こす。

「練ってる力はデカいのに、随分《ずいぶん》とヤワね。力の常時制御《せいぎょ》くらい身に付けとかないと、なんにもできないわよ。栞《しおり》をあげたとき、なにをするのもあんた次第、って言伝《ことづて》したはずだけど」

マージョリーの厳《きび》しい採点、

「せっかく持ってるデケえ力も、我が懇切《こんせつ》な盾《たて》、マージョリー・ドーが持たせた栞も、泡食《あわく》ってて使えませんでした、じゃあ死んでも死にきれねーだろ、兄《にい》ちゃん。ヒッヒ」

マルコシアスの的確すぎる指摘《してき》に、悠二《ゆうじ》は大いにへこんだ。

「は、はい……」

まさに今こそが、常々《つねづね》目指している、自分の身くらいは自分で守れるようになる、という課題が試されるときだったというのに。返す言葉もなかった。

もっとも、この二人はともに、さっぱりした気質の持ち主である。特に嫌がらせを続けるでもなく、早々に本題へと入る。

「で、我が鋭き鑑定士《かんていし》、マージョリー・ドー。改めての見立てはどうだったよ？」

「んー」

腕利きの自在師《じざいし》たる女傑《じょけつ》は軽く手を払い、パチンと鋭く指を鳴らした。

その音に吸い寄せられるように、一同の周囲で五重の環《わ》として輝き巡っていた自在式《しき》が、一《いっ》斉《せい》一瞬、彼女の指先へと収束《しゅうそく》する。

伊達眼鏡《だてめがね》の内でマージョリーは目を閉じ、沈思《ちんし》の間を数秒、置いた。

堪《こら》え性《しょう》の無い佐藤《さとう》が真っ先に尋《たず》ねる。

「マージョリー、さん？」

「……」

彼女は咎《とが》めるでもなく目を開けて、まずフィレスを、そして悠二を見た。選ぶ表情に迷いつつ、〝ミステス〟の少年に言う。

「あんたが、こんなヤバい奴《やつ》だとは思ってなかったわ」

「えっ？」

悠二は唐突《とうとつ》な言葉を理解できず、戸惑《とまど》いの声を漏《も》らした。

マージョリーはそっちを無視して、シャナに目を向ける。

「チビジャリ、あんた今まで一緒に訓練してた数ヶ月の間、ずっとユージから〝存在の力〟を受け取ってたのよね？」

フィレスの抱擁《ほうよう》にハラハラしていた吉田《よしだ》が、

「えっ!?」

と驚いてライバルを見た。

シャナは慌《あわ》てて、ライバルの誤解《ごかい》を否定する。

「わ！　私は、こいつみたいなことしてない！」

もちろん、こいつへと突き付けた剣尖《けんせん》は微塵《みじん》も揺らいでいない。

少女らの角逐《かくちく》を他所《よそ》に、アラストールが重く低い声で訊《き》く。

「なにが、危険だというのだ」

「……」

マージョリーは、周りの面子《めんつ》を伏せた瞼《まぶた》の下から眺《なが》め、今言うべきかどうか悩んだ。が、すぐすっぱりと決断する。これは隠《かく》すべき情報ではない、と。

「ユージ、あんた……いえ、『零時迷子《れいじまいご》』が、と言うべきかしらね」

フィレスを、チラリとだけ見て、続ける。

「さっき力を吸われてる間、この〝彩飄《さいひょう》〟にまで、『戒禁《かいきん》』を発動させてたわ」

「――」

完全に意表《いひょう》を突かれたフィレスは数秒、呆然《ぼうぜん》としてから声を零《こぼ》す。

「――馬鹿な」

ようやく感情が追いつき、声を荒げる。

「そんなはずはない！　ヨーハンが私を――」

「そうよ。そんなはずはない……だから、危険なのよ」

「――!!」

言い返して彼女を絶句《ぜっく》させると、マージョリーはもう一度、悠二《ゆうじ》を見た。

「〝彩飄《さいひょう》〟、あんたあのとき、こいつへの接触を邪魔《じゃま》されたのは幸運だったのよ。この宝具《ほうぐ》、『戒禁《かいきん》』を発動させる相手に見境《みさかい》がなくなってる」

「ッハハア、もし、無理矢理《むりやり》に兄《にい》ちゃんを開けてたら、〝千変《せんぺん》〟みてえに腕ブチ折られて、力を吸収されてたかもしれねーってわけか。おっかねーこったぜ」

「……な、に？」

マルコシアスの声に、絶句《ぜっく》していたフィレスが再び声を漏《も》らした。

「吸収、だと？　なんの、ことだ？」

全員が、彼女の言う意味を図りかねた。

アラストールが、一つの予感を持って、口を開く。

「……『零時迷子《れいじまいご》』にかけられた『戒禁《かいきん》』の効果は……かかった〝徒《ともがら》〟の力を奪い、吸収することでは、ないのか？」

「……！」

悠二は、同じ予感に痛みさえ覚えて、思わず胸を押さえていた。

アラストールは、さらに言う。

「現に、かの〝千変《せんぺん》〟シュドナイが『戒禁《かいきん》』によって片腕を折られ、坂井《さかい》悠二はその折れた片腕を己《おのれ》が存在へと吸収している。これは、『零時迷子《れいじまいご》』の持つ機能ではないのか？」

呆然《ぼうぜん》としていたフィレスは、その場の誰もが抱いた予感を、肯定する。

「知らない」

ゆっくりと、首を振って。

「そんな力は、『零時迷子《れいじまいご》』には、ない。私のかけた『戒禁《かいきん》』は、私以外の者が封印《ふういん》に触れたとき、攻撃《こうげき》を加える……それだけだ」

沈黙《ちんもく》が、場を支配した。

ここにいる、フィレスを除く誰もが、『零時迷子《れいじまいご》』の持つ破壊と吸収の機能を、ただの事実として認識していた。元の所持者《しょじしゃ》であった『約束の二人《エンゲージ・リンク》』以外には、誰も詳密《しょうみつ》な実態を知らない（友であるヴィルヘルミナですら、聞かされていない）秘宝《ひほう》中の秘宝であったがために、起きた事象《じしょう》は全て、この宝具《ほうぐ》の機能と思われていたのである。

しかし、違った。

「じゃあ、なぜ僕は……？」

悠二《ゆうじ》は、もうわけが分からない。驚くことすらできず、立ち尽くす。

その脱力《だつりょく》した腕を取り、なんとか支えようとする佐藤《さとう》が、この錯綜《さくそう》した事態の中で唯一《ゆいいつ》頼れるはずの自在師《じざいし》、彼の親分に尋《たず》ねる。

「マージョリーさん、なにか理由とか、事情とか、分からないんですか？」

頼られて、しかし「どうにもならない」という風《ふう》に、マージョリーは肩をすくめる。

「元の持ち主が知らないとなると、理由も事情も一つでしょ」

「ああ、〝壊刃《かいじん》〟のブックサ野郎《やろう》がブチ込んだってえ、ナゾの自在式《しき》の影響《えいきょう》だな。見境《みさかい》なしな上に大喰らいと来たか。こーりゃなんとも物騒《ぶっそう》なこったぜ」

「ホント、びっくり箱にも程《ほど》があるわよね」

マージョリーは、相棒《あいぼう》へと溜息《ためいき》交じりに答えてから、自身の対処《たいしょ》能力を明らかに超えた事態に顔色を失う『万条の仕手《ばんじょうのして》』を、見た。

「これからどう動くにせよ、なんだっけ、ブックサ野郎が打ち込んで、『零時迷子《れいじまいご》』を変質《へんしつ》させたっていう、見たこともない自在式？　そいつの出所《でどころ》を調べるのが先でしょうね」

ヴィルヘルミナとティアマトーが、それぞれ重い口を開く。

「外界宿《アウトロー》へと、調査依頼と派遣《はけん》要請は、既に出しているのでありますが……」

「混乱中」

マージョリーは、世界中のフレイムヘイズらが置かれた危機的状況を思い出して、頭をガリガリと掻《か》いた。

「あ、そーいや、フォン・クーベリックもピエトロの馬鹿もやられて、外界宿《アウトロー》はどこもかしこも大騒ぎなんだっけか……どんな対処も、少し時間がかかりそうね」

言って彼女は、半《なか》ば自失するフィレスを横目《よこめ》に、渦中《かちゅう》の存在、〝ミステス〟の少年へと苦笑《くしょう》を投げかける。

「でもま、当面は、安心していいんじゃない。誰も、あんたの中身には触れられない」

「……」

悠二は保証《ほしょう》されて、しかし安堵《あんど》できるわけもなかった。


サーベリの湿地を、潜《くぐ》る。

丈高《たけだか》の草原を眼下に、

それは、標的《ひょうてき》を目指す。

零時《れいじ》もとうに過ぎた悠二《ゆうじ》の部屋は、一人の来客を迎えていた。

「……シャナがうちに泊まるのって、久しぶりだね」

「うん」

言うまでもない、悠二のベッドでポンポン跳ねるシャナである。

危険極《きわ》まりない〝彩飄《さいひょう》〟フィレスの動向に、ある程度の見極めが付くまで、彼女が自ら悠二の警護《けいご》に当たると決めたのだった。

吉田《よしだ》は僅《わず》か、ヴィルヘルミナは露骨《ろこつ》に、その顔色で難色を示したが、フィレスに付いているしかないヴィルヘルミナ、他人のためにわざわざ動かないマージョリーと、他に選択する余地《よち》がないのは分かりきっている。シャナ自身もかなり強引《ごういん》に押して、結局こういう次第となった。

もちろん悠二は、かつてないだろう危機の中で、少女が自分を守ってくれることを、素直にありがたいと思っていた。自分に降りかかる……というより潜《ひそ》んでいる異常事態《じたい》についても、もういい加減《かげん》、神経が麻痺《まひ》してしまっている。今日一日の騒動《そうどう》(で終わってよかった、と心底《しんそこ》思う)に、ようやくの区切りを感じたことで、他人を思い遣《や》る余裕《よゆう》すらあった。

(吉田さんには、せっかくの清秋祭《せいしゅうさい》に気の毒なことしたな)

それを実際に言ったとき、彼女は静かに首を振って、

(――「いいんです」――)

とだけ答えた。どこか肝《きも》の据《す》わった、貫禄《かんろく》のようなものすら漂わせる少女には、知り合った当時のような頼りなさ弱々しさは、まるで感じられなかった。

(いつの間に、吉田さんはあんな強くなったんだろう)

悠二は感慨《かんがい》に耽《ふけ》っている内に、ふと、あることを思い出す。

(吉田さんと言えば……)

先刻の別れ際、シャナと吉田が、なにやら二人で相談していた。この二人の相談、というのは、ほとんど初めて見たような気がして、興味がそそられる。

「ねえシャナ、さっき吉田さんと、なにを話してたんだ?」

「……」

シャナはベッドで跳ねるのを止めて、視線を宙に逃がした。しばらく沈思《ちんし》の間を置いて、答えが返ってくる。

「別に大したことじゃない。明日のことを相談してただけ」

「明日って……」

「うるさいうるさいうるさい。明日になれば分かる」

シャナは誤魔化《ごまか》すように言って、強引に話題を変えた。

「悠二《ゆうじ》も、そんな暢気《のんき》にヘラヘラしてる場合じゃないでしょ。『弔詞《ちょうし》の詠《よ》み手《て》』はああ言ったけど、〝彩飄《さいひょう》〟があなたを狙ってることに変わりはないんだから」

「……」

悠二は答えず、自分の前にあるフレイムヘイズの少女を、じっと見つめる。

きっと『別にヘラヘラなんか〜』などと言い返してくる、と構えていた（あるいは楽しみにしていた）シャナは、意外《いがい》な反応に戸惑《とまど》い、同時に恥ずかしくなって、視線を逸《そ》らした。

「なによ？」

「いや、その」

悠二は少しだけ口ごもった。照れくさそうに頬《ほお》を指で掻《か》く。

「いつから、僕の呼び方が『おまえ』から『あなた』に変わったのかな、って思ってさ」

シャナは視線を逸らす以上、腰まで大きく捻《ひね》って、赤くなった顔をなんとか悠二の視界《しかい》から遠ざける。

「知らない」

その仕草《しぐさ》に、悠二はまた笑った。

「こうやって、同じように向かい合ってるけど……色々、お互いに変わったな……」

何気なく視線を落とせば、シャナが床に『贄殿遮那《にえとののしゃな》』を突き立てた跡が見える。彼女と出会って二日目の夜の、ちょっとした事件の結果。近付くな、という無骨《ぶこつ》で問答無用《もんどうむよう》な意思表示。

あれは忘れるはずもない四月、高校に入ってすぐの頃……

「……最初にシャナがここに来たときも、僕は狙われてたんだっけ」

薄白い炎《ほのお》を持つ〝紅世《ぐぜ》の王〟――恐るべき奸智《かんち》と力量、数多くの宝具《ほうぐ》と〝燐子《りんね》〟をもって御崎市《みさきし》を襲《おそ》った〝狩人《かりうど》〟フリアグネのことを思い出す。

あの頃の自分は、二度と戻れなくなったかけがえのない日常を、まだ肌《はだ》にも胸にも感じて惜しみ、悔《く》やんでいた。トーチと知らされた自分の身を恐れ、慄《おのの》いていた。

（今も、もちろん怖いことに違いはないけど……そうだな、自分の秘めるもの、狙われてる立場さえも日常の一つだ、って思えるくらいにふてぶてしくはなっただろうか）

悠二は板張りの床に毛布を敷き、その上に座る。あのときと違うのは、床に敷くための布団《ふとん》も用意してあるってことかな、と思い、

（たしかに暢気だ）

と自分の鈍感《どんかん》さを変なところで確かめる。

一方のシャナは、思い出話に関心を持たない。

「あのときよりも、今の方が危険かもしれない。〝狩人《かりうど》〟フリアグネと違って〝彩飄《さいひょう》〟フィレスは『悠二』だけを標的にしてる」

あえてシャナが『あなた』を使わなかったことを、悠二はおかしく思った。

「そうだね。でも、シャナがいてくれるってのは同じだ」

「ん」

これだけは素直に誇るように、シャナは胸を張る。

「大丈夫。悠二《ゆうじ》は私が守るから」

「……」

悠二が、再び黙った。

いつもの悠二から来るはずの——弱気な笑顔での『よろしく頼むよ』ではなかった。

（なんだろう……？）

さっきから予想した返答が来ないことを、シャナは不思議《ふしぎ》に思う。とりあえず、自分の言葉に間違いがないかという確認がてら、黙った理由だけを尋《たず》ねる。

「なに？」

「えっ？　べ、別に……」

「？」

首を傾《かし》げるシャナは知らないことだったが、悠二は一つの覚悟《かくご》を、一人の相手に表明していた。まさに今言われたのと正反対の、

（——「シャナを守ろう、この僕が」——）

という、全くもって身《み》の程《ほど》知らずな覚悟を。

（いつか、覚悟だけでなくなる日が来るんだろうか）

悠二は、最初にシャナと出遭《であ》った頃と違って、いろんなものを得ている自分を感じていた。たくさんでありながら重くない、ただ大きい、大きいとだけ分かるものを。そして、自分がそれを、まだ背負っているだけで呑み込めていないことも、同時に感じる。

身の内にある宝具《ほうぐ》『零時迷子《れいじまいご》』、鋭敏《えいびん》な感知《かんち》能力、敵から得た大きな〝存在の力〟、その繰《く》りと身体《しんたい》能力の強化、鍛錬《たんれん》での体術に勝負勘《かん》、果ては自在法《じざいほう》『封絶《ふうぜつ》』に──自分の謎《なぞ》。

様々なものを、積み上げて、磨《みが》いて、鍛《きた》えて、まだまだ「シャナを守る」という誓《ちか》いを実現するには足りない。

(望んだものは、なかなかに遠大だったわけだ)

と、そこに、覚悟を表明した人物──正確には人ではないが──からの声がかかった。

「その言葉に思うところがあるのならば、より一層、励《はげ》むことだ」

シャナの胸元に在るペンダント〝コキュートス〟に意思を表出《ひょうしゅつ》させる〝天壌《てんじょう》の劫火《ごうか》〟アラストールである。

「なんのこと?」

当然、シャナは尋ねるが、彼女の父にして兄、師にして友たる〝紅世《ぐぜ》〟の魔神《まじん》は、こればかりは男同士の義理と言葉を濁《にご》した。

「いろいろあるのだ、誰にでも」

「変なの。悠二とアラストールの秘密なんて」

二人が仲良くしてくれることへの嬉《うれ》しさ、二人が自分に隠《かく》し事をしていることへの不服さ、両方を微笑《ほほえ》みに混ぜて、シャナはベッドにコロンと寝転《ねころ》がる。

「今日はその格好《かっこう》で寝るのか?」

悠二《ゆうじ》が尋《たず》ねた。

シャナは先刻の、佐藤《さとう》家におけるフィレスへの力の受け渡しで着ていた、ジャージ上下のままである。もちろん、これでも寝るのに不都合《ふつごう》はないが……

「もう着替えを覗《のぞ》かれるのは嫌だもの」

言われて悠二は、脳裏《のうり》に刻み付けられたもの——清冽《せいれつ》な少女の裸身《らしん》——を一瞬、思い浮かべていた。ハッと我に返り、慌《あわ》てて否定する。

「そっ、そういうつもりで言ったんじゃ——って、別にあのときだって覗いたわけじゃないだろ!?」

「どうだか」

「二度目は峰では済まんぞ」

即座《そくざ》にシャナとアラストールがピシャリと言った。

悠二は苦笑《くしょう》して、不貞寝《ふてね》する前にとやり返す。

「はーいはい、分かりましたよ。シャナの方こそ、今度は僕の布団《ふとん》に、寝ぼけて潜《もぐ》り込まないでくれよ」

「だ、誰が！」

「明かり、消すよ」

悠二は取り合わず、立ち上がって電灯の紐《ひも》に手を伸ばした。

ふと、ベッドの上、布団にグルグル巻きに包《くる》まったシャナを見る。もう寝てしまったかのように、ピクリとも動かない。纏《まと》めていない自慢の髪が、布団に広がり絡まりして、酷《ひど》いことになっていた。

そんな子供っぽさに頬《ほお》を緩めながら、悠二は紐を引いて、部屋を暗くする。

「……悠二」

「ん？」

それを待っていたかのように、シャナが声をかけてきた。

「……」

「シャナ？」

が、すぐ、

「……やっぱり、まだ、いい」

「そう。おやすみ」

「うん、おやすみ」

その素直な答えを聞いた悠二は、なにがまだなのか、という詮索《せんさく》ではなく、

（前は、答えてくれてたっけ？）

という単純な疑問を抱きながら、布団《ふとん》を被《かぶ》った。

（それにしても、長い……一日、だった……な）

仮装《かそう》パレード、清秋祭《せいしゅうさい》、ベスト仮装賞、フィレス襲来《しゅうらい》、学校を襲《おそ》った惨禍《さんか》、屋上のパーティー、〝存在の力〟の受け渡しに、自身の新たな謎《なぞ》、シャナとの今……いろんなことが一度に起きて気疲れしたのか、『零時迷子《れいじまいご》』で回復したはずなのに、すぐに眠気が襲ってくる。

冬の床で寝るのは、少々寒い。

ヘルマンドの川を、伝う。

谷底に満ちる川面《かわも》を眼下に、

それは、標的《ひょうてき》を目指す。

4　ありがとう

ガンジスの大河《たいが》を、辿《たど》る。
スンダリの木々を眼下に、
それは、標的を目指す。

朝日差し込む坂井《さかい》家の居間に、卵焼きの焼ける匂《にお》いが満ちる。

いつものように早朝の鍛錬《たんれん》を終え、いつものように風呂《ふろ》をつかった坂井悠二《ゆうじ》とシャナは、やはりいつものように食卓についての朝食を待っていた。

「そう。お友達がお家《うち》に」

悠二の母・千草《ちぐさ》が台所から入ってくる。

その手にある皿には、フカフカに膨《ふく》れた大きな卵焼きが一つ載っていた。

シャナが、その到着をニコニコしながら待つ。

千草《ちぐさ》は、少女の無邪気《むじゃき》な笑顔に和やかな笑顔で返し、その前に皿を置く。

「じゃあ、カルメルさんは、しばらく来られなくなっちゃうのね」

声には、社交辞令《しゃこうじれい》ではない残念さがあった。彼女は〝紅世《ぐぜ》〟についてなにも知らない一般人ではあったが、ヴィルヘルミナの訪問と会話を大きな楽しみとしている。ヴィルヘルミナの方も、坂井悠二《さかいゆうじ》の母たる女性に、シャナの育ての親として、なにかと相談を持ちかけていた。年頃《としごろ》の少年少女を抱える者同士、色々話すことがあるらしい。

その双方から心配されている少女・シャナが頷《うなず》いた。

「うん。『申《もう》し訳《わけ》ありません』って言ってた。どれくらいになるかは分からないけど」

同じく、その双方から警戒《けいかい》されている少年・悠二が続ける。

「その友達、ちょっと体が弱いらしくてさ。あんまり離れられないんだってさ」

「そう。お見舞いも、かえって迷惑《めいわく》になっちゃったらいけないわよね……」

千草は杓文字《しゃもじ》を取った手を宙で数秒、迷わせると、

「そうだ、シャナちゃん。『なにかお入り用があったら、遠慮《えんりょ》なく仰《おっしゃ》ってください』って言伝《ことづて》を頼める?」

名案という風《ふう》にシャナに言った。

再びシャナが頷く。

「うん。分かった」

その間に、二人の前には熱々《あつあつ》のご飯と味噌汁《みそしる》がよそわれていた。

「「いただきます」」

重なる声に、千草が微笑《ほほえ》んで答える。

「はい、どうぞおあがり」

そうして、いつものように朝食を食べる二人に、いつもと違う話題を振る。

「高校の清秋祭《せいしゅうさい》ね」

「――！」

悠二は思わず味噌汁を吹きかけ、

「……っ」

シャナは静かに卵焼きを頬張《ほおば》る。

「？」

千草には無論《むろん》、その二人の態度の意味が分からない。

悠二は反射的に叫んでいた。

「――べ、別に来なくてもいいよ！」

高校生にもなって母親に学校へ来られると恥ずかしい、クラスメイトに会ったら余計《よけい》なことを言われるかも、後でそのことをからかわれるかも等々、当たり前の理由からではなかった。

この、日常に在る母にまで、万が一の危険に関わって欲しくなかったからである。

同じ思いを抱いているであろうシャナも、少し困った顔をする。

「ふふ」

ところが千草《ちぐさ》は悪戯《いたずら》っぽく笑って、

「実はね。もう昨日、見てきちゃったの」

二人の思いもよらないことを口にした。

「近くに用事があったから、そのついでに少しだけね。でも、パレードが帰ってきたところに鉢《はち》合《あ》わせしたから、丁度《ちょうど》良かったかも。二人ともかっこよかったわよ」

「……」

「千草、今日は？」

声に詰まる悠二《ゆうじ》を置いて、シャナができるだけ、何気ない風《ふう》を装って尋《たず》ねる。

千草は少しだけ不思議《ふしぎ》そうな顔をして、しかしすぐ、率直《そっちょく》に答える。

「昨日、時間を作って行ったのは、実は今日、外せない用事が入ってたからなの。こっそり教室も見に行ったし、貫太郎《かんたろう》さんに送る写真もちゃんと撮《と》ったし……また来年を楽しみに待つわ」

「……そう」

「まあ、僕ら一年生は昨日が本番みたいなものだったし、今日は別に、うん、来なくてもいいと思うよ」

二人は心底ほっとした。

ほっとして、千草の言葉に、悲しさと寂しさを覚えていた。

来年。


それは、ここで迎えられるのだろうか。

ともに思い、つい会話を途切《とぎ》れさせてしまう。

と、
まるでその空白を埋めるように、玄関の呼び鈴《りん》が間延《まの》びした音を鳴らした。

「あら？　カルメルさん……じゃないのよね？」

尋ねるでもなく言った千草に、なぜかシャナが即答《そくとう》した。

「うん。一美《かずみ》が来た」

「えっ？」

悠二が、その呼び方と、答えそのものに頓狂《とんきょう》な声を上げた。


カンチエンジュンガの主峰《しゅほう》を、かわす。

黒々とした山影《やまかげ》を眼下に、

それは、標的《ひょうてき》を目指す。


清秋祭《せいしゅうさい》の最終日たる二日目は、日曜ということもあって、さらに人出が多くなる。

この日は、初日における仮装《かそう》パレードのように連続性を持ったイベントこそないが、代わりに本物の歌手を呼んでのコンサート、体育館を使った演劇に自主製作《せいさく》映画の上映会、商店街から学校の間で開かれるバザーなど、上級生を中心とした、オーソドックスかつ充実した学園祭の体裁《ていさい》をなしている。

人込《ひとご》みの中には、仮装パレードの衣装を使い回した演劇部員や、チープな着ぐるみをのし歩かせる映画研究会、また昨日に引き続いてのサンドイッチマンに、趣味的な格好《かっこう》をしたウエイトレスなどが混じっており、校内外《こうないがい》は人と人と人の混沌《こんとん》に沸《わ》いている。

その年に一度出現する異《い》空間の中にあってなお、

「うわ、誰……？」「きれー」「すげぇカッコだな」「一緒にいるの、昨日優勝したヒライさんじゃないの？」「あ、ホント」「横の子も、アレでしょ、えーと」「青いドレスの子」「そーそ」

周囲から奇異《きい》の目で見られる、一人の女性があった。

その格好は、各所に布を巻いたつなぎ、両肩に光る奇妙《きみょう》な肩章《けんしょう》、両の腰に付けられた無骨《ぶこつ》な手甲《てっこう》——言うまでもない、女性とは〝彩飄《さいひょう》〟フィレスである。

　そして、彼女の手を引いているのは、どういうわけか、シャナと吉田一美《よしだかずみ》。

　フィレスはやや困った顔で、少女二人に引かれるまま、清秋祭の中を歩かされてゆく。

　今朝《けさ》早く、彼女がヴィルヘルミナの世話を受け、当面の滞在《たいざい》場所とした平井《ひらい》家を、シャナが悠二《ゆうじ》・吉田とともに訪れた。面食《めんく》らう二人と、意味が分からないまま同行させられていた悠二に、シャナと吉田は言った。

「よく考えたら、いつ襲《おそ》ってくるか分からない敵を悠二の傍《そば》で警戒《けいかい》するより、襲ってくることが明白な敵自身に張り付いてた方が、効率的でいい」

「私たちと、清秋祭を歩いてください。歩いて、私たちがどれくらい今を……坂井《さかい》君との今を大事にしているか、見てください」

　悠二はようやく、昨夜の佐藤《さとう》家からの帰り際、シャナが吉田と話していた『明日のこと』がなんであったのかを理解した。不倶戴天《ふぐたいてん》の敵同士であろう二人が、いつの間にこんな協力関係を築いていたのか……悠二だけでなく、ヴィルヘルミナも、ただ驚いているしかなかった。

　ともかくもそんなわけで、愛する男・『永遠の恋人』ヨーハンを取り戻しに現れ、しかしそれを当面果たせない女――『約束の二人《エンゲージ・リンク》』の片割れ――強大なる〝紅世《ぐぜ》の王〟――〝彩飄《さいひょう》〟フィレスは、御崎《みさき》高校の学園祭を練り歩かされる羽目《はめ》になった。

　シャナは相手が誰であれ、人と話すことが得意ではない。ただ自分が手を繋《つな》ぐことで、自在法《じざいほう》などの挙動を封じる、その気構えと処置だけを、ひたすらに維持していた。

一方の吉田《よしだ》も、積極的とはお世辞《せじ》にも言えない性格である。それでも彼女としては、悠二《ゆうじ》を守る一つの手助けとして、なんとかフィレスに心を開いてもらおうと考えていた。

「フィレス、さん……?」

無愛想《ぶあいそう》と言うより、感情のポイントがどこか微妙《びみょう》にずれていて、今一つ二つ、性格の測りがたい〝紅世《ぐぜ》の王〟にも、懸命《けんめい》に気を張って話しかける。もちろん、昨晩に排斥《はいせき》の言葉を投げつけられた相手である。闊達《かったつ》に、とは行かない。おずおずと、である。

「こういう、お祭りは、初めてですか?」

その、言葉を投げつけたフィレスも、怪訝《けげん》の色を隠《かく》さずに答える。

「……こういう、とは……なんだ?」

「ええ、と……」

さっそく言葉に詰まった。彼女が人間を喰わない特殊な存在であることは聞いていたが、だからといって怖さが薄れるものでもない。思いがけない行動を、不意に平然とやってのける人物であることは、昨夜の力の受け渡しにおける諸々《もろもろ》の件で分かっていた。

今朝《けさ》、シャナらの来訪を受けたヴィルヘルミナに急ぎ呼び出されたマージョリーから、

(——「ユージから渡された〝存在の力〟は大した量じゃないから、暴れるのは無理だろうけど、油断《ゆだん》は禁物《きんもつ》よ。それと、どう癇《かん》に障《さわ》るか知れないから、あいつの前で『零時迷子《れいじまいご》』やヨーハンのことは、絶対に口にしちゃ駄目《だめ》」——)

と、守りの自在法《じざいほう》をしこたま詰め込んだ栞《しおり》とともに贈られた忠告《ちゅうこく》を、思い出す。

(でも、だからといって、怖がって身を引いていたら、なんにもならない)

さらに、とある少年の言葉を何度目か、勇気を奮い起こす呪文《じゅもん》として、心中《しんちゅう》で呟《つぶや》く。

(——『それでも、良かれと思うことを、また選ぶのだ』——)

改めて息を吸い込み、今の質問について、どう答えたものか考える。

「こ、こういう、お祭り……外国でも、あるのかな？『学園祭』って、言うんです」

「意味は、分かる」

ふと、自分に視線が向けられたのを感じて、ビクリとなる。長い前髪の間から覗《のぞ》く双眸《そうぼう》が、昨日のような冷ややかな拒絶を表しているようで、いたたまれなくなる。

そこに、反対側の手を取っているシャナが、

「学校の生徒が主催する祭りよ」

と素《そ》っ気《け》ない声で態度で、助け舟を出した。

フィレスの視線が外され、吉田はほっと一息吐く。感謝の念を込めた視線を、僅《わず》か体を前に傾けて、反対側の友達を見た。

その友達はプイとそっぽを向いたが、これが照れ隠しなのは一目瞭然《りょうぜん》だった。

二人に言っているのかいないのか、フィレスがまた唐突《とうとつ》に口を開く。

「祭りは、初めてじゃない。大好きだ」

ぽつんと、一言だけ。

それが、最初の質問への答えであることに、吉田《よしだ》は数秒かかって気が付いた。

「よ、よかった」

心底から安堵《あんど》して、この取っ掛かりを逃さないよう、続ける。

「なにか、興味を持ったことあったら……言ってくださいね」

「そうだな」

どこか力の抜けた声で、フィレスは答えた。

吉田は、その彼女からの、

（——「——ただの人間は……ここから出て行くべきよ」——）

という排斥《はいせき》の声を再び受けるのが怖くて、まともに見る事のできなかった顔を、言う間に、つい見上げていた。見上げて、ドキリと心臓を躍《おど》らせた。

長身の美貌《びぼう》、前髪の間にある細面《ほそおもて》に、ただ一つの想いが、ハッキリと見て取ることができたからである。自分たちと同じ、ただ一人を恋う、他に誰も見ていない、女の想いを。

今や『零時《れいじ》迷子《まいご》』の不可解《ふかかい》な機能の発覚によって、なすべきことを見失ってしまった、そこにあって届かない、それら苦しさ哀《かな》しさが、隠《かく》れず表れていた。

（この人の、苦しさと哀しさを、解ければ……）

同じ想いを抱く少女として吉田は決め、もう一度、反対側のシャナと顔を見合わせる。

（すぐ、なにが変わるわけでもないよね……？）

（ん、じっくりいこう）

二人して確認し合い、それぞれに細い手を引いて、雑踏《ざっとう》の中へと混じってゆく。

ヒマラヤの端《はし》を、滑る。
大地そのものの傾斜を眼下に、
それは、標的《ひょうてき》を目指す。

悠二《ゆうじ》は、シャナと吉田の取った意外《いがい》な行動から、完全に蚊帳《かや》の外に置かれていた。だけでなく、外に置かれた上に重石《おもし》まで乗っけられた気分にさせられていた。

前日、『クラス代表』としてパレードに出た者は、二日目を自由行動とする決まりがあり、当然のこと、事前にはそれを喜んでもいたのだが……

（……今、僕はその決まりを恨《うら》む）

彼は校舎屋上《おくじょう》出口の上、一年二組が勝ち取った特等席に、ヴィルヘルミナと一緒に座っていた……否、座らされていた……否、正座させられていた。

（やめてほしいなあ、もう）

彼の傍《かたわ》らで、同じく威儀《いぎ》を正して正座したヴィルヘルミナが……眉根《まゆね》に皺《しわ》を寄せて、端然《たんぜん》とした面持《おもも》ちを保ったつもりでいる。彼女が表情に出すほどなのだから、その内心はよほどの不《ふ》機嫌《きげん》・不安・不満でいっぱいになっているはずだった。

悠二《ゆうじ》にも、それらを抱く理由は容易に想像できる。

シャナに今日の件を相談されなかったことの不機嫌、吉田《よしだ》も含めた二人の行動への不安、そして人員配置の都合《つごう》から必然的に悠二を守らされていることへの不満……全てが混ざって、外見とは裏腹《うらはら》に情念の強い彼女を苛《いら》つかせているのだろう。

指示されたわけでもない正座の中、そんな苛つきに付き合わされている今の、とりあえず今日一日はそうなりそうな状況を思い、悠二は諦念《ていねん》の溜息《ためいき》を吐《つ》く。

（そうでなくても、怖い人だってのに……）

厳《きび》しい鍛錬《たんれん》の教師である、実際に殺されかけたこともある、ジョーク（……だと信じたい）としてなら何度も再犯《さいはん》の被害に遭《あ》いかけた、フレイムヘイズ『万条《ばんじょう》の仕手《して》』——

「坂井《さかい》悠二」

——から不意に声をかけられて、

「うわっ!?」

悠二は横に転んだ。長時間の正座で、足が痺《しび》れていたからである。

「……なにをやっているのでありますか」

「無様《ぶざま》」

特等席に誰もいないのをいいことに、ティアマトーまでが糾弾《きゅうだん》の声をあげる。その声にも、どことなく冷静ではない感情の波立ちが感じられた。

「な、なん、ですか？」

痺れがピークへと向かってゆく足をできるだけ動かさないようにする、という間抜《まぬ》けな格好《かっこう》で、悠二は尋《たず》ねる。

「昨晩は、なにもなかったでありましょうな」

「は？」

悠二は、観念の内に全くないことを指摘《してき》されて、思考《しこう》が空白になった。数秒の時を経て、理解を追いつかせた瞬間、

「――!!」

顔が燃えるように赤くなる。

「――ばっ!?　な、なに言ってるんです……、か」

丁度《ちょうど》、足の痺れが絶頂に来て、『零時迷子《れいじまいご》』の〝ミステス〟は思わず悶絶《もんぜつ》する。

「かっ、かか……！」

激しく情《なさ》けないその様子《ようす》に、今度はヴィルヘルミナが溜息を吐いた。

「どうやら、なにもなかったようでありますな」

「安堵《あんど》」

一方的なその確認に、悠二《ゆうじ》は痺《しび》れた足を支えて（押さえると痺れが増すため）抗弁《こうべん》する。

「そ、そんな馬鹿な真似《まね》、するわけないじゃないですか」

と言いながらも、なぜか言い訳が口を突いて出る。

「僕がシャナに、どうこう、そういうこと、しようなんて、そもそもフレイムヘイズの腕力に敵《かな》うわけ――」

言いかけて、不意に悠二は気付いた。

自分がもはや無力な〝ミステス〟ではないことに。

鍛錬《たんれん》における仮の戦いだったとしても、本物とほぼ同じ量の〝存在の力〟を込められた、フリアグネの〝燐子《りんね》〟もどきの攻撃を受け止めるほどの力を、既に自分が持っていることに。

その、恐ろしさに届きかける悪寒《おかん》の端《はし》を感じ、慌《あわ》てて話題を打ち切る。

「――と、とにかく！　勘繰《かんぐ》りもいいところです！」

その動転《どうてん》振りを冷ややかな視線で見返すヴィルヘルミナは、これ見よがしに鼻で笑った。

「まあ、それが敢行《かんこう》できるほどの性根《しょうね》もなさそうではありますが」

（なら、言わないでくれよ）

図星《ずぼし》ゆえの腹立ちを抱く少年に、フレイムヘイズ『万条の仕手《ばんじょうのして》』は、断固とした口調《くちょう》で、警《けい》

じーっ……

告《こく》ではなく事実として宣言する。

「もし、万が一にでも、『炎髪灼眼《えんぱつしゃくがん》の討《う》ち手《て》』がそういうことを訴えれば、『零時迷子《れいじまいご》』は無《む》作為《さくい》転移することになるでありましょう」

「妥協《だきょう》無用」

屋上の風にはためいているだけのリボンが、どことなく恐ろしい。

（内容はともかく、心配するのは、まあ当然ではあるよな……年頃《としごろ》の女の子が、まあ、男と一緒の部屋に、泊まったりするわけ、だから）

シャナを溺愛《できあい》する二人の心を、悠二《ゆうじ》も知っている。それゆえに殺されかけ、激突《げきとつ》もした。杞《き》憂《ゆう》はさすがに度を越していると思うが（なんらかの悪事を働ける程《ほど》の蛮勇《ばんゆう》は持っていない、と自分でも分かっている……情《なさ》けないことに）、それでもキチンと返事はしておく。

「分かってますよ」

言って、思う。

ヴィルヘルミナの警告《けいこく》のことではなく、今在る自分自身のことを。

（僕の存在が、どんどん変わっていく）

その恐ろしさが、拒絶してもじわじわと胸の奥から染み出してくる。シュドナイの腕を吸収し、己《おのれ》のものとしたことさえ、『零時迷子《れいじまいご》』が持つ謎《なぞ》の一部だった。人間を超える力を得る、自在法《じざいほう》『封絶《ふうぜつ》』を使う、というだけでも腰が引けていたというのに、次は命綱《いのちづな》である宝具《ほうぐ》が得体《えたい》の知れない物体であるという。『常識』という範疇《はんちゅう》にあった自分の枠《わく》が、じわじわと薄れていくような気がした。恐ろしくて、胸の動悸《どうき》が収まらない。

さらなる追及をするほどに能動的でないヴィルヘルミナらと一緒にいることを、『零時迷子《れいじまいご》』の〝ミステス〟は、初めてありがたいと思っていた。

チャンチアンの上流に、かかる。
巨大な盆地《ぼんち》を眼下に、
それは、標的《ひょうてき》を目指す。

シャナと吉田《よしだ》、そしてフィレスの姿が、校舎の二階、二年生の教室に作られた、ゴムボールによる的《まと》当て会場にある。

「こういう遊びは、やったことが？」

吉田は言って、自分が離したフィレスの手にゴムボールを握らせた。

その柔らかさを確かめるように、フィレスは繊細《せんさい》な掌中《しょうちゅう》でゴムボールを変形させる。その傍《かたわ》ら、いかにも投げやりに声を出す。

ようやく、答えが質問に追いついていた。

お互い、接すること、話すことに、遠慮《えんりよ》の壁が消えつつあった。どちらも性格上、馴《な》れ馴れしい態度こそ取ってはいなかったが、語りかけてよいか躊躇《ちゆうちよ》する間、どう答えるものか一々考える間は、なくなっていた。

もう片方の手を握ったシャナの方は変わらず、危険な〝紅世《ぐぜ》の王〟たる彼女を確《かく》と握ったまま、厳《きび》しく監視《かんし》を紛《まぎ》らっている。これは吉田《よしだ》と決めた既定《きてい》方針なので、特に不満もない。そもそも人と接することが苦手《にがて》なのだから、今の役割にある方がありがたくもあった。ちなみに、空《あ》いた自分の片手には、一年二組謹製《きんせい》のストロベリークレープを持っている。

「はむ」

繋《つな》いだ手、手の先にある気配の動きに細心の注意を払いながら、頬張《ほおば》った。二日目ということで、クレープもそれなりに美味《おい》しいものが作れるようになっている。

「あむ」

その警戒《けいかい》対象たるフィレスは、異装《いそう》の美女相手に緊張《きんちよう》する係の二年生から、的当《まと》てについての説明を受けている。今のところ彼女は、特段怪しい動きを見せるでもなく、妙《みよう》に淡白《たんぱく》で無反応なまま、二人に連れ回されている。

起こした騒ぎと言えば、グラウンドにあるステージの前で、唐突《とうとつ》に大音量による演奏が始まったとき、思わず耳を塞《ふさ》ごうとして、律儀《りちぎ》に離さなかった少女、己《おのれ》の使命から当然繋いだままだった少女、二人を吊《つ》り上げてしまったことくらいである。

この突然の動作に、シャナは危うく炎髪灼眼《えんぱつしゃくがん》を表すところだった。

「ほむ」

他にも、クラスのクレープ屋に寄った際、クラスメイトからの質問責めに遭《あ》ったり、お化け屋敷《やしき》に入ろうとして、逃げようとする吉田を逆に引き止めたりするなど、この三人一まとめとして歩き回る内に、フィレスの顔にも、感情の欠片《かけら》が僅《わず》か、覗《のぞ》き始めていた。前者では、鈍い表情のまま目を白黒させ、後者では、ほんの少しだけ笑みを浮かべもした。

吉田は（後者はそれなりに不本意だったものの）、その変化を好ましく思い、ようやく当初の目的どおり、彼女に自分たちが今ある場所の大切さを伝える……具体的には、なにくれとなく彼女に学校生活のことを語りかけるようになっていた。

フィレスも、饒舌《じょうぜつ》でこそなかったものの、徐々に吉田に答えを返すようになっている。

「んむ」

今も吉田は、

「ですから、ハカイ……壊すことが目的のゲームじゃなくて——」

などと、係の二年生からのルール説明を補足してやるほど、親しげに接していた。

昨日の『零時迷子《れいじまいご》』における衝撃《しょうげき》的な事実の発覚《はっかく》以降、主体性を欠いているフィレスが、ただ流されるまま二人と彷徨《さまよ》っているだけ……という意地悪《いじわる》な見方もできるが、といって、シャナには他に名案《めいあん》があるわけでもない。せめて悠二《ゆうじ》との距離を物理的に開け、態度を軟化《なんか》させる糸口《いとぐち》を見つけるために、彼女は手を繋《つな》ぎ続ける。

「ん、——っ」

考えている間に、クレープを全部食べ終えた。

その隣《となり》では、彼女と手を繋いだ不自然な体勢、ほとんど棒立ちのままのフィレスが、腕だけでボールを投げている。緩い山形の放物線を描いて飛ぶゴムボールが、その的《まと》——胸に穴を開けたダンボール製の鬼《おに》を外して転がる。

「まだもう二つ、投げられますよ」

今だけはと手を離している吉田《よしだ》が、また一つボールを渡した。

「要するに、あの穴の中に入れれば、いいのか」

ようやくルールを理解したフィレスは言って、胸の前にボールを持った手を水平に添える、不思議《ふしぎ》な構えを見せた。

(小剣《しょうけん》の投擲《とうてき》みたい)

シャナが睨《にら》んだとおり、フィレスはその胸に付けた腕を、鋭く前に振った。

(!)

ボールは風に乗って真っ直ぐ飛び、狙い違《たが》わず一番遠い鬼の胸、ど真ん中を突き通した。中に張ってあったビニール袋を引き千切《ちぎ》るほどの威力《いりょく》に、周りが静まる。

（今のは、自在法《じざいほう》だ）

シャナは、鋭く放ったボールの周囲に、目に見えるほどではないものの、渦巻《うずま》く気流を作り出していたのを見抜いていた。

残された力も大してない中での力の行使。

ほんの余興《よきょう》のつもりだとしても、彼女の動静を警戒《けいかい》しているフレイムヘイズが至近《しきん》に、手まで繋いだ状態で一緒にいるというのに、この行為は不用意、無用心に過ぎた。

（無茶苦茶《むちゃくちゃ》だ……なにを考えてる？）

シャナは、彼女の放埓《ほうらつ》振りを、彼女のために心配していた。

（それとも、これが地なんだろうか？）

ヴィルヘルミナに聞いた、彼女本来の性格は、でたらめに明るく楽しい女性、とのことだった。どうしてそんな女性が正反対の性格のヴィルヘルミナと一緒にいられたのか、疑問ではあったが、ともあれ今の彼女は、その本来の姿に近付きつつあるらしい。

（少しは、心を開き始めてるんだろうか）

でなければ、こんなにも不利、かつ切迫した状況で、わざわざ自在法が行使できることを示したりはしないだろう。残された力は全く微弱《びじゃく》なのだから、どんな策を巡らすにしても、無駄《むだ》遣《づか》いは避けるはずである。

そう、一瞬の内に思うシャナとは正反対に、吉田《よしだ》は彼女の技に驚嘆《きょうたん》していた。

「すごい！　一番遠いのを！」

「あっ、えーと一等賞でーす！」

我に返った係の二年生が、手に持っていた鈴をガランガランと大きく鳴らす。

「では、あちらから、お好きな景品を一つ、お取り下さい！」

「景品……？」

鋭い投擲《とうてき》の動作とは裏腹《うらはら》に、ぼんやりと首を回したフィレスは、

「フィレスさん、どれにしますか？」

吉田に促《うなが》された先、傍《かたわ》らの棚に並んだ『一等賞』の景品の中から、

「これだ」

一組の黒い革《かわ》手袋を取った。

スナップから縁《ふち》に黒レースをあしらった、学生の景品としては高そうな一品である。

フィレスはそれを、まるで子供のように目を細めて掲げる。

「レースがいい。ブリュージュでヨーハンに貰《もら》った柄《がら》に似ている」

冷酷《れいこく》非情な悠二《ゆうじ》の天敵、求める男のため強引《ごういん》に突き進む〝紅世《ぐぜ》の王〟、という面しか見てこなかったシャナを僅《わず》かに驚かせる、それは『恋する可憐《かれん》さ』だった。いそいそと、細い指にそれを嵌《は》める様《さま》は、寸前まで投擲の手並みに戦慄《せんりつ》していた周りの客たちをすら、微笑《ほほえ》ませる。

「どうだ」

勝ち誇るように、〝紅世《ぐぜ》の王〟は両手を吉田にかざした。

それは、両の腰に下がっている無骨《ぶこつ》な手甲《てっこう》とは、天地ほども印象《いんしょう》が違う。繊細《せんさい》な指に、レースで飾られた手袋が、よく似合《にあ》っていた。

「きれいです」

吉田が工夫《くふう》のない、素直すぎる感想を口にした。

周りの客も、係の男子生徒も、他に言葉を見つけられない。

シャナも、同じだった。いつの間にか、手袋を嵌めさせるため、その両手を自由にしていたことに気付いて愕然《がくぜん》とさせるほどに、彼女は無害な存在となっていた。

「そうか、きれいか」

フィレスは誉《ほ》められて表情を変えるでもなく、ただ掌《てのひら》を表裏《おもてうら》ヒラヒラと舞わして、いつかの日々をその指先に夢見る。

新聞部が、昨日のベスト仮装《かそう》賞受賞者インタビューのため、シャナと吉田を見つけて乱入してくるまで、その不思議《ふしぎ》な、どこか哀《かな》しいファッションショーは続いた。

ウーハンの大都《たいと》を、脱する。

入り組む水系《すいけい》を眼下に、
それは、標的《ひょうてき》を目指す。

人込《ひとご》みの中で、ビールのカップを呷《あお》るマージョリーと焼きそばをパクつく佐藤啓作《さとうけいさく》、二人の姿を認めた緒方真竹《おがたまたけ》が、声をかけて走ってくる。

「マージョリーさん!」

その手は強く、田中栄太《たなかえいた》の手を引いている。

衆目《しゅうもく》を惹《ひ》き付けて、しかし無頓着《むとんちゃく》な美貌《びぼう》を苦笑《くしょう》で飾るマージョリーは、輝くように喜びを表す少女を迎える。

「なに、マタケ。二人で楽しんでんだから、私たちなんか放っときゃいいのに」

「そんな、わけには、……っ」

緒方は走って乱れた息を、ハッと綺麗《きれい》に切った。

「そうだ! なんだか昨日から、田中の元気がないんですけど」

手に引く田中を前に押し出そうとして、

「なにかあったんで——、っと?」

その僅《わず》かな抵抗を受ける。

「ちょっと、どうしたのよ？」

言ってもう一度、強引《ごういん》に押した。

「いや、だから、なんでもないって」

まるで警察に突き出される犯罪者のように、田中が二人の前へと押しやられてくる。

「お、おはようございます、姐《あね》さん」

「ん」

マージョリーは軽く頷《うなず》いて、田中を改めて見る。

今日の彼には、大柄《おおがら》な全身に横溢《おういつ》していた、あの無邪気《むじゃき》な覇気《はき》が欠片《かけら》も感じられない。どこ
となくオドオドとして、表情にも深刻な揺らぎが見て取れる。

佐藤は、親友にして共にマージョリーの子分《こぶん》たる少年の変わり果てた姿に、密《ひそ》かなショック
を受けた。その気持ちを無視するため、あえて緒方へと、軽い口調《くちょう》で話しかける。

「で、どーだった、オガちゃん？　昨晩はお楽しみだったわけ？」

「もう、いやらしい言い方しないでよ」

笑う彼女には、なんの翳《かげ》も見て取れない。ただ、共に在る少年の不審《ふしん》な様子《ようす》だけが、気に懸《か》
かっているようだった。

「田中がさ、さっきまでは普通だったんだけど、カルメルさんの知り合いの……えーと、フィ
レスさん？　あの人がシャナちゃんたちに連れ回されてるの見た途端《とたん》、いきなり暗ーくなっち

やって」

「別に、大丈夫だからさ。はは、変なこと言ってすいません、姐《あね》さん」

田中《たなか》の誤魔化《ごまか》しに、緒方《おがた》は口を尖《とが》らせた。

「変なことってなによ」

少女が少年の心中《しんちゅう》を摑《つか》みきれていないのは、それが彼女の見慣れていない姿だから……ということを、マージョリーは長く多く人と接してきた経験から、佐藤《さとう》はずっと一緒につるんできた相棒《あいぼう》としての勘《かん》から、それぞれ察していた。

つまり、緒方言うところの、彼の『元気のなさ』とは、恐怖。自分が踏み込んだ場所で起こり得る、最悪の光景と実際に遭遇《そうぐう》してしまったがために、心が挫《くじ》けてしまったのである。

どう言い繕《つくろ》うこともできない、それは厳然《げんぜん》たる田中栄太《えいた》の事実だった。

本人は、強くあろうとする一少年としての矜持《きょうじ》から、マージョリーに佐藤《さとう》に常々《つねづね》公言してきたことへの面子《めんつ》から、必死に否定し抑え込もうとしているが……しかし、それは隠《かく》す術《すべ》のない、どうしようもなく表れてしまう、事実なのだった。

田中のそんな姿を、マージョリーはじっと見つめ、

「……」

「あ、姐さん」

田中が最も恐れる、軽蔑《けいべつ》でも絶縁《ぜつえん》でもない答えを返す。

「……いいじゃないの」

「えっ？」

その驚き見上げた先に、美麗《びれい》の容貌《ようぼう》が近付いていた。

「答えを急がされてるわけじゃなし、じっくり考えてから決めればいいのよ。もう一度、味わった事実を使って、なにもかも全部を考え直すのよ。能天気《のうてんき》にはいい機会だわ」

最良の場合でも叱責《しっせき》が飛んで来ると覚悟《かくご》していた子分《こぶん》たる少年に、親分たる異能《いのう》の女傑《じょけつ》は、むしろ穏《おだ》やかですらある言葉をかける。

「カッコ悪いところを見せない瘦《や》せ我慢は、大人《おとな》がやるからこそ決まるものよ。エータには十年ばかし早いわ」

「あ、姐さん……」

「ま、それができなくてブチ切れちゃう大人も、たまーにいるんだけどね」

マージョリーは僅《わず》か自嘲《じちょう》を漏《も》らすと、

「ほらほら、もう行った行った。せっかくの楽しむべきお祭りの日に、くだらない心配をマタケにかけてんじゃないわよ」

答えを噛《か》み締める子分を、うるさそうに手を振って追い払った。ついでに、女の子の方には、軽い声で乱暴な助言をする。

「気にすることないわよ、マタケ。焦って答えを探してるだけだから。また不景気な面《つら》したら、ぶっ叩《たた》いてやんなさい」

「はい！　それじゃ！」

緒方《おがた》には、二人のやり取りの意味を理解できなかったが、貰《もら》った結果を、受けた助言を、素直に受け止める。

（やっぱりマージョリーさんに相談して良かった！）

そう、口《くち》以上に表情で言い、再び田中《たなか》を連れて走り出す……全く元気なことだった。

それを見送る中、マルコシアスがゲタゲタと雑踏《ざっとう》に笑い声を混ぜる。

「ギィーッヒヤヒヤヒヤ！　まーた、なんとも懐《ふところ》の広いこったな、我が寛容《かんよう》の慈母《じぼ》、マージョリー・ドー!?」

マージョリーは〝グリモア〟を叩かず、フンと鼻で笑うにとどめる。

「ま、あれはあれで、エータにとって一つの大きな試練《しれん》だし」

そうして視線を、今や人に紛《まぎ》れて去った子分《こぶん》の方へと向ける。

「今持ってる本当に大事なものに気付いて……そこからもう一度、自分の本当の気持ちを見つめなおせればいいんだけど」

「えっ？」

滅多《めった》に聞けない、彼女の優しい声を聞いて、佐藤《さとう》は思わずその横顔を見上げた。

そして、見つけたものに、痺《しび》れた。

あったのは、極上《ごくじょう》の微笑。

「今いる場所で、今在る力で、守れる大事なものを守ってくことは、誰に恥じることもない、一つの選択なんだから」

振り撒《ま》く美麗《びれい》さに無自覚な女は、見えなくなったものに思いを仮託《かたく》していた。

「それでも守れない、人知《じんち》を超えた力には……」

ふと、今さらのような事実に気付き、クスリと花の綻《ほころ》ぶように笑う。

「そうね、そのために、フレイムヘイズがいるんだわ」

「ま、そーいうことらしーな、我が麗《うるわ》しの酒盃《ゴブレット》、マージョリー・ドー」

答えるのは、佐藤ではなく、数百年の相棒《あいぼう》だった。

陶然《とうぜん》と、その艶《あで》やかに咲き誇る花を見ていた佐藤は、追いかける渇望《かつぼう》以上に、不思議《ふしぎ》な熱くて痛い切望、マルコシアスの言葉と立場への羨望《せんぼう》を胸の内に覚える。離したくない――その、恐怖など問題ではない気持ちのまま、言う。

「助力者は、要《い》りませんか」

口調《くちょう》だけは静かな、その熱い声を、マージョリーは少し驚いた風《ふう》に見た。視線を逸《そ》らして、髪を掻《か》き揚げる仕草《しぐさ》の向こうから、笑いとともに軽く言う。

「人によるかしらね。向いてるのと、向いてないのがいるし」

佐藤は逃げた顔を追いかけるように、前に回って求め、

「じゃあ、俺は――」

パコン、と紙コップの底で、頭頂《とうちょう》を叩《たた》かれた。

そのままマージョリーは彼の傍《かたわ》らを通り過ぎて、雑踏《ざっとう》の中に混じってゆく。

「気が早いっての。そーいうガッツいた態度は女に嫌われるわよ」

「まーた、男にゃ痛い言葉を投げるこった、ヒッヒッヒ！」

軽くいなされた佐藤《さとう》は、それでも彼女についてゆく。

タイの湖に、映る。
明美《めいび》な島嶼《とうしょ》を眼下に、
それは、標的《ひょうてき》を目指す。

緊張《きんちょう》の時はいつか過ぎて、
必死な時もとうに過ぎて、
楽しい時がゆるりと続く。
いつしか、警戒《けいかい》のために嵌《は》めた枷《かせ》だったはずの手と手、大切な日々を伝えるための絆《きずな》だったはずの手と手は、ただ一緒に歩き引っ張るための手と手に、変わっていた。

それを感じて、しかし決して気を緩めないシャナ、
それを感じて、ゆえに願いを込めて強く握る吉田《よしだ》、
二人の手を、黒い革《かわ》手袋を嵌めたフィレスは、自ら振りほどくことはなかった。

三人は、誰が見ても、連れ立って歩く友達同士としか見えなかった。

そんな彼女らの傍《かたわ》らを、昨日は池《いけ》が着ていた案山子《かかし》が、棒を入れた真っ直ぐな腕を邪魔《じゃま》そうに避け避け、人込《ひとご》みの中を歩いてゆく。と、

「あっ」

「?」

少女二人は、その後姿を見送り棒立ちになるフィレスに引き止められた。

「……」

「どうかしたの?」

シャナが尋《たず》ねると、フィレスは棒立ちのまま言う。

「そうか、さっきからうろついているあれは、日本一般にある被服《ひふく》ではなく、やはり仮装《かそう》の衣装なのか」

「え、気が付かなかったんですか?」

「日本は初めてだ」

フィレスは初めて目に入ったかのように、人込《ひとご》みに混じる緑色のキリギリス、背の高いシンデレラ、小さなピノキオ、ぶかぶかのピーターパン等、仮装《かそう》した少年少女らを見やる。今の光景を見て、かつての彼と自分に重ねる。

「祭りの、仮装……そうか、カーニバルを、やっていたのか」

吉田《よしだ》は、その声に、懐《なつ》かしさの匂《にお》いを感じた。最初の頃に比べて、ずっと自然に尋《たず》ねる。

「カーニバル……行ったことが？」

「ニースと、ヴェネツィアだ」

フィレスは、まるで記憶《きおく》のピントが合っていないかのように呆然《ぼうぜん》と言い、間を置いてから、ゆっくりと続ける。

「二人で、参加した。何度も、何度も」

それはどこか、夢を見ているような……夢の中を彷徨《さまよ》っているような……平静な中にも陶酔《とうすい》の混じった、不思議《ふしぎ》な声。

吉田には、シャナにさえ、その声に熱い想いが詰まっていることが感じられた。

「ヨーハンは──」

一緒に歩く内に、何度聞いたか知れない出だしで、またフィレスは語り始める。

「──真っ白なドレスと貴婦人《きふじん》の仮面《かめん》を、私は真っ黒な外套《がいとう》と悪魔《あくま》の仮面を、被《かぶ》るのが習慣だった。ヨーハンが何度文句を言っても、私は悪魔を手渡さなかった」

「……」

「……」

二人が意外《いがい》に思うほど、今度の口舌《こうぜつ》は長い。

貰《もら》った手袋で手を繋《つな》ぎ、フィレスはカーニバルに混じる夢を見る。

「ヨーハンは──」

「──いつもいつもドレスだった。ヨーハンは華奢《きゃしゃ》だったから、とてもよく似合《にあ》った」

流れ行く人々の中に、いつかの光景が現れるように願い、立って、待つ。

いつかの光景を呼び寄せようと、ただ語り続ける。

「十六回目は奇妙《きみょう》なことになった。稀代《きだい》の手練《てだれ》が私たちに手品勝負を挑《いど》んできた。自在法《じざいほう》を使わずにいこう、とヨーハンが言ったから、私は真っ正直にやって負けた。なのにヨーハンは勝ってしまった。その代償《だいしょう》に私は数日、手品師の喫茶店《バール》でピアノを弾《ひ》かされた。言い寄ってくる男たちを片っ端《ぱし》からヨーハンが殴《なぐ》り倒したのは痛快《つうかい》だった」

その口からはとめどなく、想いを音にした言葉が溢《あふ》れてゆく。

なのに、いつまで経《た》っても、いつかの光景は、帰ってこない。

「七人七色の妖精《ようせい》に出遭《であ》ったのは二十二回目だったろうか。子供たちだった。一飛《ひとっと》び、鐘楼《しょうろう》の上に招待してあげた」

七人の子供たち、その笑顔の皺《しわ》一つまで覚えている。

高い鐘楼《しょうろう》から見下ろした、華美豪壮《かびごうそう》な夜景の広がりも。

「親が呼びに来るまでの間、煙突《えんとつ》掃除の老人も加えたみんなで、星を飛び越えるようなダンスを踊った」

子供たちの大騒ぎ、老人の吹き鳴らす笛の音、自分の笑い声、ヨーハンの歌。

なにもかも、今、目の前にあるように思い出せる。

「ヨーハンが子供たちを送り届けたら、親は腰を抜かしてしまった。老人も私も子供たちも笑い転げたものだ」

なのに、帰ってこない。

はっきり見える、聞こえる。

「倒れた親を、ヨーハンがおぶって――」

なのに、ない。

彼が、いない。

「家まで、みんなで歌を歌いながら送った――」

取り残された寂しさと心細さの中で、光景が滲《にじ》んで、ポロリ、と、

「フィレス、さん?」

「……」

ポロリ、ポロリ、と、

「お別れに『インベルナ』を大きく夜空に靡《なび》かせて、飛んだ——」

ポロリポロリポロリ、と、

「流れ星の精だったのかね、と老人が下で手を振って——」

ポロリポロリポロリポロリ、と、

「ヨーハンと私も、片方の手を振って、もう、片方の……」

両の目の端《はし》から、涙が溢《あふ》れていた。

「そう、手を……」

シャナと吉田《よしだ》の手を、震えながら、弱く摑《つか》んで、

「……繋《つな》ぎたい、もう一度……」

細い肩を震わせて、強大なる〝紅世《ぐぜ》の王〟たる女、

「……ヨーハン……!!」

〝彩飄《さいひょう》〟フィレスは男を想い、大粒《おおつぶ》の涙を零《こぼ》し続けた。


東シナの緑海《りょっかい》に、出る。

無辺《むへん》の海洋を眼下に、

それは、標的《ひょうてき》を目指す。

早くも、清秋祭《せいしゅうさい》の二日目、最終日が暮れようとしていた。

生徒たちの足取りが、惜しむ焦りから速くなっている。ゲートを出てゆく人々の後姿は、どうしようもない寂寥感《せきりょうかん》を抱かせる。大きく上がるイベントの声にも、夕闇《ゆうやみ》に明るい裸《はだか》電球の明かりにも、どこか切なさがある。

校舎屋上《おくじょう》にある一年二組の生徒らも、それぞれの瞳にそれぞれの思いを乗せて、この終わり行く光景を見ている。もちろん、ただ見守るのではなく、ひたすらに騒いで、最後の盛り上がりを味わいながら見送っている。

「お、なにしてんの、あれ？」

「ああ、今から閉幕式《へいまくしき》が始まるんだよ。うちは他校みたいに形式張《ば》ってないからね。後夜祭《こうやさい》のかわりに、これもステージに絡めたイベントにするってわけ」

ステージ上で行われている準備について訊《き》かれ、スラスラと答えているのは、もちろん運営委員を務め上げたメガネマン池《いけ》である。

「オガちゃん、あんま姐《あね》さんに余計《よけい》なこと言うなよなー」

「なによ今さら。それより、悩んでるんなら私にも言ってよね」

端《はし》っこで言い合っているのは田中《たなか》と緒方《おがた》。

他にも、中村公子《なかむらきみこ》に藤田晴美《ふじたはるみ》、池《いけ》君の生徒会への推薦《すいせん》、どんな感触《かんしょく》だったのよ？」

「で、結局、池君の生徒会への推薦、どんな感触だったのよ？」

「ま、確実でしょ。お祭り自体よりも準備の方で有能ってのは、やっぱ強いよ」

どさくさで混じった一組の面子《めんつ》、西尾広子《にしおひろこ》に浅沼稲穂《あさぬまいなほ》までが、

「ねえ稲穂ちゃん、出待ちサイン、もらえたの？」

「ダメダメ、本物のファンががっちり固めて、隙《すき》なんかなーし！」

ステージのあるグラウンド側のフェンス際《ぎわ》で、今から始まる締めの式典《しきてん》に注目している。

やがて、がっしりした体格の生徒会長兼《けん》運営委員長が、ステージ上に現れる。その前に広がるグラウンドは、生徒によってすし詰め状態となっており、会長を囃《はや》すときに使われる、人差し指と小指を立てるポーズもそこここに突き出ている。

それに応えるでもなく、会長は厳《おごそ》かな口調《くちょう》でマイクを取り、語り出す。

「あー、そろそろ日も暮れて、我が市立御崎《みさき》高校清秋祭《せいしゅうさい》にも、終わりの時が近付いてきた」

彼の後ろでは、ステージ背後の壁にかけられた、校章《こうしょう》と大きな模様《もよう》と寄せ書きと装飾《そうしょく》がごっちゃになった垂れ幕を下ろす準備が始まっている。あれを降ろした瞬間、ステージはただの板張りの構造物と化し、お祭りの賑《にぎ》やかさは後片付けの繁忙《はんぼう》に変わる。

誰もがその、終わりの予兆《よちょう》を感じて、ステージの上にある会長に視線を注《そそ》ぐ。

特等席中《ちゅう》の特等席、屋上出口上《でぐちうえ》に陣取《じんど》っている悠二《ゆうじ》らも、それは同様だった。未だフィレスと手を繋《つな》いだままのシャナと吉田《よしだ》、悠二を睨《にら》み続けたヴィルヘルミナ、やはりビールを飲んでいるマージョリー、こっそり相伴《しょうばん》を受けている佐藤《さとう》も、このときばかりは視線の向きを合わせる。誰も、なにも言わない。彼らの緊迫《きんぱく》した状況に終わりはないが、それでも一つの区切りとして、今日という特別な日の終わりの儀式《ぎしき》を、皆で見守る。

その中、

最も意外《いがい》な人物が、口を開いた。

「ありがとう、ヴィルヘルミナ」

「——フィレス?」

唐突《とうとつ》かつ予想外の言葉に、ヴィルヘルミナは、大きな驚きと僅《わず》かな希望を抱く。

「他でもないこの地で、貴女《あなた》という友に出会えたのは、望外《ぼうがい》の幸運だった。もし他の討《う》ち手だったなら、私は今のように穏《おだ》やかな時を過ごせなかっただろう」

フィレスは、笑っていた。

「貴女がいたおかげで、私は他の討ち手らに討滅《とうめつ》されず、どころかヨーハンの置かれた状況の把握《はあく》までできた。本当に、感謝している」

その笑顔が、ヨーハンとともに在った頃のものと同じであることに気が付いて、ヴィルヘルミナは胸に熱い喜びが溢《あふ》れるのを感じた。

「いえ、そう——そう、思ってくれれば……」

あとは、言葉にならない。

「祝着《しゅうちゃく》」

テイアマトーの声も、心底からの安堵《あんど》に満ちていた。

そんな二人から、フィレスは次の人物へと、面《おもて》を向ける。

「……『弔詞の詠み手《ちょうしのよみて》』マージョリー・ドー」

「ん？」

美貌《びぼう》の女傑《じょけつ》は、ビールのコップから口を離して、怪訝《けげん》な顔になる。

「あなたにも、感謝を」

「感謝？」

フィレスはどこを見るでもなく、独白のように声を連ねる。

「無差別に発動する『戒禁《かいきん》』のことを知らなければ、私は『零時迷子《れいじまいご》』への迂闊《うかつ》な接触を断行していたかもしれない」

シャナの握る力が、僅《わず》か増すのも無視して、続けた。

「もしそうしていたら、ほとんど力を残していないこの私は、破壊・吸収されて、消滅《しょうめつ》していただろう。今の私が在るのは、貴女《あなた》のおかげだ」

「……へーへ、お役に立てて何より。ま、例のヤツの正体解明に協力してくれればいいわ。誰よりあんたが『零時迷子《れいじまいご》』のことを熟知《じゆくち》してんだから」

フィレスは自然な微笑で返し、最後に、自分の手を取る二人に、順に目を向ける。

「吉田《よしだ》一美《かずみ》、それに『炎髪《えんぱつ》灼眼《しやくがん》の討《う》ち手《て》』シャナ……貴女たちにも」

「そ、そんな……」

「別に、おまえのためじゃない」

大いに照れる吉田と、フンと鼻を鳴らすシャナにも、同じ笑顔で言う。

「貴女たちは、あるいは最も大事なものを、私にくれた。この、弱々しい私で状況を確保する、時間を。それが、一番不安だったから」

笑って吉田に言う。

「貴女を奮起《ふんき》させ、ここへと呼び寄せた甲斐《かい》があった」

笑ってシャナに言う。

「貴女はやはり、私ではなく吉田一美の方を見ていた」

言われ、困惑する二人に向かって、

「ありがとう」

そう、もう一度言って、すっかり暮れた夕闇《ゆうやみ》の空を見上げる。

薄く曇った雲の帳《とばり》を、夕焼けが薄く色付かせる、綺麗《きれい》な空だった。

皆がなんとなく、それを同じように見上げる。

そしてフィレスは、ぽつりと、
「おかげで、本当の私が、ヨーハンに会う準備が出来た」
皆がともに見上げた瞬間、
彼女から目を離した刹那《せつな》、言った。
今までと全く同じ、穏《おだ》やかな微笑《ほほえ》みの中で。
誰もが、彼女の言葉を理解するのに、少しかかった。
行動を起こすために必要な、その間を得るための、話だった。

極東《きょくとう》の島国に、侵入《しんにゅう》する。
細長くも山多き地の中に、
それは、標的《ひょうてき》を捉《とら》える。

ガッ、
とコンクリートを引っ掻《か》く音、
「!?」

それが、暴風に飛ばされ床を擦《こす》った音だとシャナが知り、見た先で、
全身から力の失《う》せたフィレスが、前のめりに体を泳がせる中で、爆発した。
繋《つな》いでいた手も——あの手袋と一緒に——琥珀《こはく》色の爆炎《ばくえん》の中へと、消えた。
膨《ふく》れ上がった爆炎は、四半秒の内に封絶《ふうぜつ》へと変化し、御崎《みさき》高校全体を包み込む。
気付けば悠二《ゆうじ》は、

「——えっ、——」

昨日のベスト仮装《かそう》賞におけるフィレス襲来《しゅうらい》と、全く同じ状況に置かれていた。
周りの人間が吹き飛んで、自分だけが取り残されるという、絶望的な、状況に。
しかも今度、彼を捕らえているのは、竜巻《たつまき》ではない。牢獄《ろうごく》とも見える、風の球だった。

「——!?」

顔色《がんしょく》を失う悠二だけではない、
悠二を中心に、バラバラの方向に吹き飛んだ彼女ら、
紅蓮《ぐれん》の双翼《そうよく》を燃え上がらせて、吉田《よしだ》を抱きとめたシャナ、
(な、なんで今さら、こんな馬鹿な真似《まね》——)
浮かぶ〝グリモア〟に乗って、佐藤《さとう》の襟首《えりくび》を摑《つか》んだマージョリー、
(あの風の球と封絶《ふうぜつ》の維持《いじ》で、ほとんど全力じゃない!?　自殺でもする気——)
リボンを伸ばし、屋上の柵《さく》へと摑《つか》まったヴィルヘルミナ、

（今、『零時迷子《れいじまいご》』の〝ミステス〟を分解しても、あの『戒禁《かいきん》』が発動するだけ――）

三人のフレイムヘイズは、思う間に、

「――!?」「むっ!?」「――!?」「ああん?」「――!?」「警報!」

一つの事象を、契約した〝王〟らとともに察知《さっち》し、愕然《がくぜん》となった。

恐ろしく強大な気配が、どんどん近付いてくる。

とんでもない速さで、この地《ち》目がけて一直線に。

しかも、三人が三人とも捉《とら》えたその気配は――

それは、標的へと、標的とともに在る傀儡《くぐつ》の元へと、殺到する。

自在法《じざいほう》『風《かぜ》の転輪《てんりん》』発動に伴《ともな》い、転写された意思総体が、

それ――招来《しょうらい》した〝紅世《ぐぜ》の王〟の本体と、融合する。

（フ、フィレス!?）

今、悠二《ゆうじ》を取り囲む暴風の球となった彼女と、同じだった。

（そうか!）

自在師《じざいし》たるマージョリーは、諸状況から推論《すいろん》、看破《かんぱ》する。

「さっきまでのあれは、本体を呼び寄せる目印《めじるし》——意識だけを宿した、奴《やつ》の一部よ!!」

そのかいつまんだ説明に、ヴィルヘルミナは勘付《かんづ》くものがあった。

今起きている全てのことを見て、聞いて、感じて、知る。

（まさか、これが本当の『風《かぜ》の転輪《てんりん》』——）

かつてフィレス自身から教わったそれは、『接触による永続的な探査を行い、足を運ぶ出口となる自在法《ほう》』だった。昨日のベスト仮装《かそう》賞への襲来《しゅうらい》を、その『出口』を作ってやってきたのだと思っていた。そこに彼女が現れたのだから。

しかし——「貴女《あなた》がいたおかげで、私は他の討《う》ち手らに討滅《とうめつ》されず、どころかヨーハンの置かれた状況の把握《はあく》までできた」——今まで会話していた、ともに在ったモノとの会話が蘇《よみがえ》ってくる——「無差別に発動する『戒禁《かいきん》』のことを知らなければ、私は」——「ほとんど力を残していないこの私は」——この私……？——「貴女たちは、あるいは最も大事なものを、私にくれた。この、弱々しい私で状況を確保する、時間を。それが、一番不安だったから」

——いつしか、全てが繋《つな》がっていた。

この私とは、本体を呼び寄せるための目印。

先行させた意識を憑依《ひょうい》させた、彼女の一部。

本体到達まで、状況を調査、確保する傀儡《くぐつ》。

今、近付いてくるものこそが、彼女の本体。

(でも、あの、あの笑顔は……)

ヴィルヘルミナとティアマトーだけが知っている、彼女がヨーハンとともに在った頃のものと同じ笑顔に、すがりかけて、しかし理解する。

(……、、、、、、、、、ヨーハンに会えるから?)

全ての思考《しこう》は、瞬《まばた》きの間。

すがっていたものの正体へと、ヴィルヘルミナは即座《そくざ》に辿《たど》り着いてしまっていた。

それは、彼女が〝彩飄《さいひょう》〟フィレスという女のことを理解する、友だったから。

(そん、な……)

暴風吹き荒れる中、屋上へと降り立つ。

降り立って、再び跳べなかった。

その上から、

「ヴィルヘルミナ!」

シャナが叫んで、腕に抱えた少女——封絶《ふうぜつ》の中で止まった吉田《よしだ》を、放り落としていた。

その身が、幾条《いくじょう》ものリボンで柔らかく受け止められるのを確認する間も取らず、『炎髪灼眼《えんぱつしゃくがん》の討《う》ち手《て》』は紅蓮《ぐれん》の双翼《そうよく》から炎《ほのお》を噴《ふ》き散らして、攫《さら》われつつある少年を追いかける。

「悠二《ゆうじ》!!」

彼を閉じ込めたフィレスの一部、風の球は、本体が到来するだろう上空へと浮かび上がっていた。その行く先、封絶《ふうぜつ》の外壁であるドーム状の陽炎《かげろう》の頂《いただき》には、風の渦《うず》が轟々《ごうごう》と巻いている。

「悠二!!」

叫ぶことで距離が縮まるかのように、叫ぶ。

「悠二!!」

そのとき、

《裏切ったことは、分かっている》

討《う》ち手らの脳裏《のうり》に、一瞬で伝わる声が響《ひび》いた。

間違えようも無い、それはフィレスの声だった、

無視して、風の球に追いすがるシャナの手が、届く――

《でも、もう決めた……友達は見ない、と》

――寸前、それが暴風となって弾《はじ》けた。

「うあっ!?」

キリキリと舞わされ、下方に押し戻されたシャナ、

《覚えているだろうか、ヴィルヘルミナ……あのときの、ことを》

自分を囲う風の球を失い、宙に投げ出された悠二、

《〝壊刃《かいじん》〟サブラクの攻撃を受けたヨーハンは、もうあのままでは助からなかった》

屋上出口《でぐち》の上に立って、戦機を窺《うかが》うマージョリー、
《だから、『零時迷子《れいじまいご》』の内に彼を封じて、避難《ひなん》のための転移《てんい》を行わせ》
その傍《かたわ》ら、決死の覚悟《かくご》をもって踏みとどまる佐藤《さとう》、
《私は〝壊刃《かいじん》〟を丸ごと抱えて、自在法《じざいほう》『ミストラル』で》
屋上の片隅《かたすみ》、止まった緒方《おがた》を抱き締める田中《たなか》らに、
《できるだけ遠くへ、遠くへと、飛んだ》
次々と、一瞬で伝わるフィレスの声が降りかかる。
《そうしたのは、貴女《あなた》を助けるためだった――》
そして、止まった吉田《よしだ》を抱え、呆然《ぼうぜん》と屋上に立つ女性、
《――ヴィルヘルミナ》
戦技無双《せんぎむそう》を謳《うた》われるフレイムヘイズは、自身の気持ちへの止めを受け、へたりこんだ。いつも、どこでも、自分にばかり襲《おそ》い掛かる世界の不条理《ふじょうり》……そのあまりな過酷《かこく》さに、もう無表情の仮面《かめん》は、涙を隠《かく》せなかった。ボロボロと、その頬《ほお》を涙が零《こぼ》れ落ちていく。
友からの弾劾《だんがい》の声は、容赦《ようしゃ》なく続く。
《私はヨーハンの転移の時を見られず》
シャナは行く先、宙にある悠二《ゆうじ》に向かって、再び舞い上がる。
（うるさい、うるさい、うるさいうるさいうるさいうるさい!!）

その彼と、目が合った。手を、いっぱいに差し伸ばしてくる。

《その変異《へんい》すら知ることが出来なかった》

が、
その眼前、陽炎《かげろう》の渦巻《うずま》く封絶《ふうぜつ》の頂《いただき》が、抜けた。まるで外に水でも満たされていたかのように、琥珀《こはく》色に輝く爆風が、大圧力の瀑布《ばくふ》となって雪崩《なだれ》落ちてくる。

（――っな!?）

見間違いようのないそれは、〝彩飄《さいひょう》〟フィレスの自在法『インベルナ』――しかしその規模は、昨日戦ったときとは比べようもないほどに巨大で、密度の濃い、力の塊《かたまり》だった。

《だから、もう他は要《い》らない》

それでもシャナは、この中を紅蓮《ぐれん》の双翼《そうよく》で強引《ごういん》に突き進む。

輝きの中に巻き込まれ、見えなくなった少年を救うために。

彼が分解される。

その危機が今、目の前にある。

彼がいなくなる。

それが、それだけが恐ろしい。

《私だけで》

前を見据《みす》えるシャナは、『インベルナ』の中で翻弄《ほんろう》される悠二を、

その彼の傍《かたわ》らを飛び越え、自分へとまっしぐらに向かって来る、
拳《こぶし》を後ろに振りかぶる体勢で突撃《とつげき》してくる本物の〝彩飄《さいひょう》〟フィレスを、見た。

《私と、ヨーハンだけで、いい》

一撃《いちげき》、
想いの全てを込めた暴風の拳撃《けんげき》が、紅蓮《ぐれん》の煌《きらめ》きを弾《はじ》き飛ばした。

「――っあ⁉」

叫ぶ間もなく校舎に激突し、コンクリートの粉塵《ふんじん》を巻き上げ、端《はし》を突き抜けて地面へと落着する――寸前、マージョリーのトーガ、その太い腕がようやく受け止めていた。

「嬢《じょう》ちゃん！」

「生きてる⁉」

「う、ぐ……！」

打撃に痺《しび》れるシャナは、『弔詞《ちょうし》の詠《よ》み手《て》』の問いに答えられない。

（私、より、悠二《ゆうじ》、悠二を――‼）

真正面からぶつかってきた無茶苦茶《むちゃくちゃ》な威力《いりょく》の爆圧に、『炎髪灼眼《えんぱつしゃくがん》の討《う》ち手《て》』たるフレイムヘイズの体が、悲鳴を上げていた。その、粉塵《ふんじん》と涙に曇り揺らめく視界《しかい》の向こう、悠二が琥珀《こはく》色の球の中に、再び閉じ込められている。

（悠、二――）

その前に浮かび、迎えるように手を広げているのは、本物の〝彩飄《さいひょう》〟フィレス。

姿形《すがたかたち》こそ『風《かぜ》の転輪《てんりん》』が変じた傀儡《くぐつ》と同じだったが、感じられる力量は、ほとんど桁《けた》で違っていた。その彼女は、傀儡の得た情報から、奇怪《きかい》な『戒禁《かいきん》』を持つ〝ミステス〟には触らず、自らの施《ほどこ》したヨーハンの封印《ふういん》の鍵《かぎ》となる自在法《じざいほう》を、琥珀色の球へと刻んでゆく。

小さな紋様《もんよう》が球の表面を、滑《すべ》り、流れ、覆《おお》ってゆく。これこそ〝ミステス〟の奥深くに蔵《ぞう》された『零時迷子《れいじまいご》』を、そこに施《ほどこ》された封印《ふういん》を解き、愛する男を取り戻す自在式。

囚《とら》われた悠二は、この、今までにない絶体絶命《ぜったいぜつめい》の作業を見ていることしかできない。

拳撃《けんげき》を受けたシャナも、その衝撃《しょうげき》とダメージで体が動かない。胸が、自分への怒りと情《なさ》けなさで破裂しそうだった。心の中、叫びに叫んで、体を動かそうとする。

（悠二――）

作業は数秒、もはや悠二を分解するための式は、琥珀色の球を一面に覆い、輝いている。

そしてフィレスは徐《おもむろ》に、待ち焦《こ》がれていた、自在式を起動させる、言葉を。

「来て、ヨーハン」

「う、あ、わああああああああああああああああああああああああああ――!!」

悠二の絶叫《ぜっきょう》が、封絶《ふうぜつ》の中に轟《とどろ》いた、

（悠二――!!）

シャナの声なき悲鳴が、胸を破るほどに響《ひび》いた瞬間、い、それは答えた。

「──ヨー、ハ、──」

フィレスが、自分を見た。

自分の胸を、見下ろした。

胸を、刺し、貫《つらぬ》いている。

「──、ッ──?」

腕が。

分解の危機にあった悠二《ゆうじ》の、胸から生えた腕が。

ギシギシと歪《ゆが》んできしむ、板金鎧《ばんきんよろい》の、腕が。

その隙間《すきま》から、炎《ほのお》を吹き上げる、腕が。


色は──〝銀〟。

エピローグ

「僕は、ただ付いて行くだけの自分が、嫌だった」

少年は、言った。

「僕は、君という人に相応《ふさわ》しい男で在ろうとしてきた。ただの願望だけじゃない、君を支えて一緒に歩ける力を持つ、そんな男になろう。そう決めて、励《はげ》んできたんだ」

少年は、強く言った。

「あの汚い外界宿《アウトロー》と……ほら、ちゃんと［宝石の一味］からも失敬《しっけい》してきたよ。なんせ〝紅世《ぐぜ》〟に関わる連中《れんちゅう》ときたら、寿命《じゅみょう》がやたら長いもんだから、語《かた》り部《べ》ばかりで、まともな記録を残さない。まさにこれぞ稀覯本《きこうぼん》ってわけだ」

少年は、分厚《ぶあつ》い羊皮紙《ようひし》の本を振った。

「どんなものにも法則性はある。そう思って、研究はしてきた。いろんな人から話を聞いて、分析もしてきた。だけどやっぱり、情報が足りなかった。せめて、窮理《きゅうり》の探求者か、牛骨《ぎゅうこつ》の賢《けん》者《じゃ》に会えれば良かったんだけど」

少年は、肩を落とした。

「うん、残念なことにね……だから、これが欲しかったんだ。それで、結果的には、この三冊で足りた。僕は、確信を得たんだ」

少年は、瞳を輝かせた。

「……〝ミステス〟を、何人も見てきたよね」

少年は、静かに始めた。

「彼らの〝存在の力〟の総量は、どうやって決められるのか、それが知りたかった。それぞれが〝燐子《りんね》〟とも違う構成原理《げんり》によって生まれ、動いている彼らは、どうやって自分の強さの根源たる、力の総量を決めているのか……」

少年は、屋根の上にも構わず、立ち上がった。

「ここをご覧《らん》よ。このソードスミスが全存在を打ち込んだ〝ミステス〟には、最初から並の〝王〟をも遥かに凌《しの》ぐ力があった、ってある。誕生に立ち会った〝王〟の証言だ」

少年は、熱っぽく説明した。

「ここには、異形《いぎょう》の戦輪《せんりん》使いたる〝ミステス〟は、誕生の瞬間から戦い続け、消え果てるまでに、〝王〟を二人も道連《みちづ》れにした、ってある。他も、推論《すいろん》に合致する記録ばかりだ」

少年は、喜びにクルクルと踊った。

「つまり〝ミステス〟は、元となった人間が持つ『運命という名の器』の総量によって、保持する力が決まる、ってことだ」

少年は、座ったままの恋人に手を差し出した。

「僕は、ずっと不思議《ふしぎ》に思ってた。両界《りょうかい》における狭間《はざま》の物体『宝具《ほうぐ》』は、人間が望み、〝徒《ともがら》〟が望むとき生まれるという……だけど、僕らは宝具を一つも作れなかった。僕らほど心と望みを重ね合わせている人間と〝徒《ともがら》〟はいないというのに」

少年は、手を引いて恋人を立たせた。

「それはなぜなのか、僕はずっと考え続けていた」

少年は、恋人の肩に手を添えた。

「でもね、答えは簡単だったんだ。気付いてみれば、全く簡単なこと……僕らの願いは、唯一《ただひと》つきり。他の願いは全部オマケだったからだ」

少年は、恋人が己《おのれ》の意図に気付き、驚く様《さま》を見つめた。

「僕の望みは、君の願いは、『ずっと一緒にいたい』……それだけだったんだよ」

少年は、抗議する恋人に、語りかけた。

「君の、望みでもあるんだ、フィレス」

少年は、なおも抵抗する恋人を、抱き締めた。

「じゃあ、君は、僕がいなくなっても、大丈夫？」

少年は、固まった恋人に優しく告げた。

「君は、僕を愛している。僕も、君を愛してる。僕らは、一緒にいたい、離れたくない、絶対にだ。その望みを、一緒に持っている。それを、僕は確信している」

少年は、抱き締めた恋人の肩の上で、呟《つぶや》いた。

「だから今まで、必死に研究してきた。僕らの望みを叶《かな》える宝具《ほうぐ》は、まさにそれなのだから。そして、そうなって、今のように君に迷惑《めいわく》ばかりかける、ひ弱な人間でありたくもない」

少年は、恋人の肩が震えているのを知った。

「でもね、だからだよ、僕の愛する人。僕は、君という人に相応《ふさわ》しい男で在ろうとしてきた。ただの願望だけじゃない、君を支えて一緒に歩ける力を持つ、そんな男になろう。そう決めて、励《はげ》んできたんだ」

少年は、恋人を離した。

「こう見えても、僕は自分の器に自信があるんだよ？　僕は、自分が持っている〝存在の力〟を、常に感じて、計ってきた……僕の器は、大きい。誰のおかげかな。考える頭をくれた父《とう》さん？　君を惹《ひ》き付ける笑顔をくれた母《かあ》さん？　いや……全てを与えてくれた、君なんだ」

少年は、恋人と手を繋《つな》いだ。

「行こう。僕ら二人の、本当の願いを叶えよう。一緒にいよう。君と共に、僕は永遠となる。永遠となって、君を支え、君と歩く。君が望みさえすれば、それが叶う」

少年は、恋人と眼下を見下ろした。

「なぜ今日、僕がこの時計塔《とう》に登ろう、って言ったか、分かる？」

少年は、恋人と見つめ合った。

「これこそ、僕の目指す在り様《よう》、僕らが作る宝具に相応しい材料だったからだ」

少年は、恋人に引かれて歩き出した。

「時計は、必ずここに回帰《かいき》する。日が巡り、星が巡り、月が巡るように。そしてまた新しい、今が始まることを知る」

少年は、恋人と、空へと舞った。

「フィレス、僕らの宝具を作ろう」

少年は、恋人と、空の中で踊った。

「フィレス、時の継ぎ目を迷わせて、僕と永久に、君と共に、ここに在ろう」

少年は、恋人と踊る度《たび》に、足元の時計塔がばらけるのを眺《なが》めた。

「フィレス、時に悪戯《いたずら》をしよう。巡った時を、零時《れいじ》で迷子《まいご》にしてやろう」

少年は、恋人と踊る内に、周囲を時計の部品で取り囲まれているのを知った。

「フィレス、さあ、望んで。僕と永久にありたいと」

少年は、己《おのれ》の体に時計塔の部品が飛び込み、存在が変質《へんしつ》してゆくのを感じた。

「そうして僕は、君と永久に在るための――〝ミステス〟となる」

少年は、誓《ちか》う。

「――さあ、僕の時よ、止まれ。美しき、君と在るために――」

あとがき

はじめての方、はじめまして。

久しぶりの方、お久しぶりです。

高橋弥七郎《たかはしやしちろう》です。

また皆様のお目にかかることができました。ありがたいことです。

さて本作は、痛快娯楽《つうかいごらく》アクション小説です。今回は、遂《つい》に登場した彼女を主軸《しゅじく》に据《す》えた、各人の対応と苦悩が描かれます。次回は、また少し変わった本になると思います。

テーマは、描写的には「襲来《しゅうらい》と岐路《きろ》」、内容的には「ここに」です。彼女の登場によって、シャナと吉田《よしだ》さんの、佐藤《さとう》と田中《たなか》の、そして悠二《ゆうじ》の立ち位置が、変化を始めます。

担当の三木《みき》さんは、苦労を自分で作る人です。熱心に働けば働くほど、仕事は片付くどころか増える一方です。今回のサービスシーンも、やはり梶棒撲破《こんぼうぼくは》の末、入ることと（以下略）。

挿絵《さしえ》のいとうのいぢさんは、凛々《りり》しい絵を描かれる方です。最近はカラー絵の露出《ろしゅつ》も多くなり、その精度《せいど》は上昇する一方、頂く側は毎回が楽しみです。もはや慢性的《まんせい》となった忙中《ぼうちゅう》にも変わらず、この度《たび》も拙作《せっさく》への甚大《じんだい》なる御《ご》助力をいただけたことに、深く深く感謝いたします。

県名《けんめい》五十音順《じゅん》に、愛知《あいち》のK藤さん、青森《あおもり》のK田さん、秋田《あきた》のS藤さん（申し訳ありません）、茨城《いばらき》のK木さん、大阪《おおさか》のH田さん、K本さん、N谷さん、神奈川《かながわ》のSさん、京都《きょうと》のY関さん、埼玉《さいたま》のK林さん、T塚さん、東京《とうきょう》のZさん、栃木《とちぎ》のE老根さん、H井田さん、新潟《にいがた》のK林さん、兵庫《ひょうご》のM下さん、福島《ふくしま》のF間さん、北海道《ほっかいどう》のY田さん（お見事です）、宮城《みやぎ》のN階堂さん、いつも送ってくださる方、初めて送ってくださった方、いずれも大変励《はげ》みにさせていただいておりますにどうもありがとうございます。アルファベット一文字は苗字《みょうじ》一文字の方で、県が同じ場合はアルファベット順になっています。

ところで、次の本は、諸般《しょはん》の事情から少々お待たせしてしまうことになります。どうも申し訳ありません。その御不満《ごふまん》には、本の質を上げることで応えさせて頂くつもりです。

それでは、今回はこのあたりで。

この本を手に取ってくれた読者の皆様に、無上《むじょう》の感謝を、変わらず。

また皆様のお目にかかれる日がありますように。

二〇〇五年十一月　　高橋弥七郎

■あけましておめでとうございます！いとうのいぢです。
シャナが始まって何度めの新年でしょうか。
長期に渡るお仕事をしていると、年が明けるごとに毎年積み上げられていく自分の絵と向き合いつつしみじみとしてしまいます。

今年もたくさんの年賀状を送って頂きありがとうございます m(__)m
毎年、担当編集ミキティよりしっかりと受け取らせていただいております＆頂いたお手紙などと一緒に大切に保管させて頂いています（＾＾
そして、意外にも女の子からのお手紙が多くてびっくりです。
もともと男性読者が多い中、このような現象はとても嬉しいことだったりします。「シャナ」という物語は老若男女問わず楽しめる活劇だと思うので是非色んな方に読んでもらいたいです。
そして自分も、男女問わず好きになってもらえるキャラクター達を描いて行きたいと思いますので今年もよろしく！

さてさて、アニメも折り返し地点ですが、コミックスも絶好調だし何か今年も色々とあるみたいですよ？！
乞う御期待ｖ
そして、それに伴う高橋さんのお仕事がどんどん増えて……ああう
皆で応援しましょう！；
ど、どうか倒れない程度に頑張って下さい>＜；>高橋さん

ところで、今回は入稿がかなり危なかったです；（関係者の方々すいませんでした；
３巻の時も危なかったですが今回はそれを凌ぐかもしれないほど…
ひさしぶりに冷や汗かきました
今年の抱負に、頑丈な身体作り、という項目は必須です。
不摂生を改善しないとね（＾＾．

それではまた次回っ！

2006．いとうのいぢ

■NOIZI*ITO WEB■
www.fujitsubo-machine.jp/~benja

◉高橋弥七郎著作リスト

「A／Bエクストリーム　CASE-314［エンペラー］」（電撃文庫）
「A／Bエクストリーム　ニコラウスの仮面」（同）
「アプラクサスの夢」（同）
「灼眼のシャナ」（同）
「灼眼のシャナ　II」（同）
「灼眼のシャナ　III」（同）
「灼眼のシャナ　IV」（同）
「灼眼のシャナ　V」（同）
「灼眼のシャナ　VI」（同）
「灼眼のシャナ　VII」（同）
「灼眼のシャナ　VIII」（同）
「灼眼のシャナ　IX」（同）
「灼眼のシャナ　X」（同）
「灼眼のシャナ　0」（同）
「灼眼のシャナ　XI」（同）

本書に対するご意見、ご感想をお寄せください。

■

あて先

〒102-8177 東京都千代田区富士見 2-13-3
電撃文庫編集部
「高橋弥七郎先生」係
「いとうのいぢ先生」係

■

電撃文庫

灼眼《しゃくがん》のシャナXII

高橋《たかはし》弥《や》七郎《しちろう》

◇◇◇

2006年2月25日　初版発行
2023年10月25日　23版発行

発行者　山下直久
発行　株式会社KADOKAWA
〒102-8177　東京都千代田区富士見2-13-3
0570-002-301（ナビダイヤル）
装丁者　荻窪裕司（META＋MANIERA）
印刷　株式会社暁印刷
製本　株式会社暁印刷

●お問い合わせ
https://www.kadokawa.co.jp/（「お問い合わせ」へお進みください）
※内容によっては、お答えできない場合があります。
※サポートは日本国内のみとさせていただきます。
※ Japanese text only
※定価はカバーに表示してあります。

ISBN978-4-04-868780-5　C0193　Printed in Japan

電撃文庫　https://dengekibunko.jp/

電撃文庫創刊に際して

　文庫は、我が国にとどまらず、世界の書籍の流れのなかで〝小さな巨人〟としての地位を築いてきた。古今東西の名著を、廉価で手に入りやすい形で提供してきたからこそ、人は文庫を自分の師として、また青春の想い出として、語りついできたのである。

　その源を、文化的にはドイツのレクラム文庫に求めるにせよ、規模の上でイギリスのペンギンブックスに求めるにせよ、いま文庫は知識人の層の多様化に従って、ますますその意義を大きくしていると言ってよい。

　文庫出版の意味するものは、激動の現代のみならず将来にわたって、大きくなることはあっても、小さくなることはないだろう。

「電撃文庫」は、そのように多様化した対象に応え、歴史に耐えうる作品を収録するのはもちろん、新しい世紀を迎えるにあたって、既成の枠をこえる新鮮で強烈なアイ・オープナーたりたい。

　その特異さ故に、この存在は、かつて文庫がはじめて出版世界に登場したときと、同じ戸惑いを読書人に与えるかもしれない。

　しかし、〈Changing Time, Changing Publishing〉時代は変わって、出版も変わる。時を重ねるなかで、精神の糧として、心の一隅を占めるものとして、次なる文化の担い手の若者たちに確かな評価を得られると信じて、ここに「電撃文庫」を出版する。

1993年6月10日
角川歴彦

電撃文庫

灼眼のシャナ

高橋弥七郎
イラスト／いとうのいぢ

平凡な生活を送る高校生・悠二の許に少女は突然やってきた。炎を操る彼女は悠二を〝非日常〟へいざなう。『いずれ存在が消える者』であった悠二の運命は!?

た-14-3　0733

灼眼のシャナⅡ

高橋弥七郎
イラスト／いとうのいぢ

『すでに亡き者』悠二は、自分の存在の消失を知りながらも普段通り日常を過ごしていた。悠二を護る灼眼の少女・シャナはなんとか彼の力になろうとするが……。

た-14-4　0782

灼眼のシャナⅢ

高橋弥七郎
イラスト／いとうのいぢ

吉田一美は決意する。最強の敵に立ち向かうことを。シャナは初めて気づく。この感情の正体を。息を潜め、忍び寄る〝紅世の徒〟。そして、坂井悠二は──。

た-14-5　0814

灼眼のシャナⅣ

高橋弥七郎
イラスト／いとうのいぢ

敵の封絶『揺りかごの園《クレイドル・ガーデン》』に捕まったシャナと悠二。シャナは敵を討たんと山吹色の空へと飛翔する。悠二は、友達を、学校を、吉田一美を守るため、ただ走る!!

た-14-6　0831

灼眼のシャナⅤ

高橋弥七郎
イラスト／いとうのいぢ

アラストール、ヴィルヘルミナ、そして謎の白骨。彼らが取り巻く紅い少女こそ、〝炎髪灼眼の討ち手〟シャナ。彼女が生まれた秘密がついに紐解かれる──。

た-14-7　0868

電撃文庫

灼眼のシャナⅥ
高橋弥七郎
イラスト／いとうのいぢ

今までの自分には無かった、とある感情が芽生えたシャナ。今までの自分には無かった、小さな勇気を望む吉田一美。二人の想いの裏には、一人の少年の姿が……。

た-14-8　0901

灼眼のシャナⅦ
高橋弥七郎
イラスト／いとうのいぢ

坂井悠二はすでに死んでいた。真実を知ってしまった吉田一美。彼女は絶望した。絶望して、そして悠二から逃げ出した。空には、歪んだ花火が上がっていた——。

た-14-10　0957

灼眼のシャナⅧ
高橋弥七郎
イラスト／いとうのいぢ

〝教授〟とドミノが企てた〝実験〟を退けた悠二とシャナ。次に彼らを待ち受けていたのは「期末試験」という〝日常〟だった。シャナは女子高生に戻ろうとするが……!?

た-14-11　1001

灼眼のシャナⅨ
高橋弥七郎
イラスト／いとうのいぢ

「〝ミステス〟を破壊するであります」ヴィルヘルミナの冷酷な言葉に、シャナは凍りつき、そして拒絶する。悠二を巡り二人は対峙した——！　激動の第Ⅸ巻！

た-14-12　1050

灼眼のシャナⅩ
高橋弥七郎
イラスト／いとうのいぢ

一つの大きな戦があった。決して人が知ることのない、〝紅世《ぐぜ》の徒《ともがら》〟とフレイムヘイズの、秘された戦い。それは、もうひとりの『炎髪灼眼の討ち手』の物語だった。

た-14-14　1140

電撃文庫

灼眼のシャナXI
高橋弥七郎
イラスト／いとうのいぢ

坂井悠二の許に〝日常〟が帰ってきた。御崎高校には学園祭の季節が訪れ、シャナもそれを楽しもうとするが、吉田一美と仲良くする悠二を見て、気持ちが不安定に……。

た-14-15　1166

灼眼のシャナXII
高橋弥七郎
イラスト／いとうのいぢ

日常の中の非日常、御崎高校主催の学園祭「清秋祭」を楽しむ悠二たち。そこに、何処からか風が流れてきた。〝紅世の徒〟の自在法を纏った、妖しい風だった……。

た-14-16　1217

灼眼のシャナ0
高橋弥七郎
イラスト／いとうのいぢ

その少女に名前はなかった。ただ「贄殿遮那《にえとののしゃな》のフレイムヘイズ」と呼ばれていた。いまはまだ、その隣にあの〝ミステス〟はいなかった——。外伝「オーバーチェア」他、二編収録。

た-14-13　1101

A／Bエクストリーム CASE-314［エンペラー］
高橋弥七郎
イラスト／金田榮路

異空間〈ゾーン〉に巣くうグレムリン駆除を生業とするA／B＝アンディとボギーのハイエンドアクション！　第8回電撃ゲーム小説大賞〈選考委員奨励賞〉受賞！

た-14-1　0659

A／Bエクストリーム ニコラウスの仮面
高橋弥七郎
イラスト／金田榮路

第8回電撃ゲーム小説大賞〈選考委員奨励賞〉受賞作家の第2弾！　仮面の道化師ニコルと謎の巨大物体を背負う美少女ルー。彼らの目的とは……!?

た-14-2　0689

電撃文庫

奇蹟の表現 結城充考 イラスト／KEI	**奇蹟の表現Ⅱ 雨の役割** 結城充考 イラスト／KEI	**奇蹟の表現Ⅲ 竜〈ドラゴン〉** 結城充考 イラスト／KEI	**F エフ** 坂入慎一 イラスト／凪良（nagi）	**F エフⅡ** 坂入慎一 イラスト／凪良（nagi）
妻子を惨殺されすべてを失った男と、両親に捨てられ絶望を知った少女。心に傷を持った二人が出会う時、奇蹟は現れる。第11回電撃小説大賞〈銀賞〉受賞作。	半年振りにナツと再会するシマ。再会の喜びも束の間、二人は修道院に忍び込んできた少年を保護するが、ある組織と警察がその少年の行方を探していた——。	イルマは降誕祭を迎える街で不審なサイボーグの死体を発見する。捜査の過程で浮かび上がる〈ドラゴン〉という名の男。果たしてその標的とは？　緊迫の第三弾!!	「死」から見放された少女。「死」の概念を理解できない少女。二人を巡り、気まぐれな歯車は軋りだす。それは歪で異常で狂っていて——「F」reakな物語。	未だに畏怖をこめて語られる少女がいる——喜々津静夜。彼女の神話を復活せんとする異形の者たちに対し、サヤは？再び狂った歯車が軋りだそうとしていた。
ゆ-2-1　1049	ゆ-2-2　1132	ゆ-2-3　1223	さ-7-4　1147	さ-7-5　1224

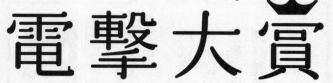